送書人

卡斯騰・赫恩——著

黃慧珍——譯

Der Buchspazierer

by Carsten Henn

獻給所有賣書人。

感謝他們在如此艱難的時刻

仍為我們提供精神上的糧食。

「如果小說是小提琴的琴弓，
那麼琴身就是讀者的靈魂。」

——法國寫實主義作家斯湯達爾（Stendhal，1783～1842）

CONTENTS

Chapter 1

做自己的主人

據說，書本自己會找到讀它的人——只是有時候，它們需要有人引路。夏末的這天，同樣的情形也發生在這間名為城門書屋的書店裡。這書店雖以城門為名，但其實所謂的城門不過是一些被當地居民視為藝術品的舊城殘跡，而且還在三個路口外。

城門書屋的外觀看起來頗有歷史，而且顯然經過幾個不同時期的擴建才有今日的規模。帶有纏繞紋飾的浮雕牆旁是這棟建築樸實無華的簡潔右角。書店的外觀新舊並陳地融合了各種低調與浮誇，書店內的情況也不遑多讓。擺放影音光碟的紅色塑膠立架旁，是陳列了漫畫的磨光金屬書架，而漫畫書架邊則是放了地球儀、擦得晶亮的玻璃展示櫃，再一旁又是擺滿書的高雅木書櫃。店裡還賣各種桌遊、文具和茶，新近甚至還擺出巧克力來賣。掌控這一整個堆滿物品空間的是那座沉重而晦暗的櫃檯。那座被書店員工稱為祭壇的櫃檯看起來就像來自遙遠的巴洛克時代。櫃檯前方的雕刻工藝呈現出一幅田園景象，上面是一群人騎在駿馬上狩獵，一旁還伴有幾隻精實的獵犬，正浩浩蕩蕩地向一群野豬挺進。

就像書店存在的目的一樣，在城門書屋經常被問到的問題比如：「請問能為我推薦一本好書嗎？」提出這個問題的人名叫郇雪佛。她很清楚，對她自己來說構成一本好書需要具備哪些條件。首先，一本好書要能吸引她讀下去，要能讓她在床上讀到睡著。其次，一本好書要有至少三處，最好四處以上讓她感動到落淚。第三，這本好書必不能少於三百頁，但也絕對不能超過三百八十頁。另外還有第四點，這本書的封面不能是綠色的。綠色書皮的書已經給過她多次的慘痛經驗。

「樂意之至，」答話的人是三年前開始接管城門書屋的莎碧娜．古魯柏，她說：「請問您喜歡讀哪一類的書呢？」

郇雪佛不想回答這個問題。她認為莎碧娜就該知道這個問題的答案，畢竟莎碧娜才是賣書人，對於選書本該自帶某種看透人心的能力。

「請告訴我三個關鍵字，我就能為您找到合適的書。言情？英格蘭南部？還是純消遣的書？您說呢？」

【本書註釋全為譯註】

1 此處致敬冰島小說家哈爾多爾．拉克斯內斯（Halldór Laxness，1902～1998），一九五五年諾貝爾文學獎得主的作品《做自己的主人》（*Sein eigener Herr*），此書名另有譯作《獨立的人們》。

「不知道寇洛夫先生在不在？」鄔雪佛問道。她的聲音已經透露些許煩躁：「他總是知道我會喜歡哪些書。他就是有辦法知道每個人的喜好。」

「不巧他今天不在店裡。寇洛夫先生現在只是偶爾在我們店裡值班。」

「真是太可惜了。」

「有了！有本書可能適合您。一本家族小說，故事發生地點在英格蘭南端的康瓦爾郡。您看！書封上可以看到那華麗的一家人置身在寬闊的綠地中。」

「所以書封看起來一整個綠！」鄔雪佛語帶不滿地看了莎碧娜一眼，說道：

「而且還是風格強烈的深綠色！」

「因為故事大部分發生在鄧伯洛伯爵那座美輪美奐的花園裡啊！讀者評價都很好喔！」

這時書店那扇沉重的大門打開，門上掛的小銅鈴響起清脆的聲音。卡爾・寇洛夫合起雨傘，熟練地甩掉傘上的水，接著把傘放進傘架裡面。卡爾的目光環視了一圈這間他稱為家的書店，他的視線最後停留在那些即將送到顧客手上的新書本上。這時他覺得自己就像沙灘上蒐集貝殼的人一樣，第一眼就只看到那些等待有人把它們從沙礫中撿拾起來的貝殼。但是在他看到鄔雪佛時，一時間那些新到的書本又變得不是那麼重要了。鄔雪佛給了卡爾一個暖心的微笑。多年來，卡爾推薦過不少書給她，而這時的卡爾就像集結了她讀過的書中那些撩撥人心的男性角色於一身的綜合體。雖說如此，卡爾卻又有別於書中的任何一個角色。

以前卡爾的腰腹也曾經小有規模，只是隨著歲月流轉，如今也和他頭上的頭髮一樣一去不復返了。卡爾的小肚腩和頭髮就像約好了一起離開他這個人。現在七十二歲的卡爾雖然瘦多了，卻還穿著那些尺寸大上幾號的舊衣服。他以前的老闆就開玩笑說過，他後來看起來似乎只從書本裡面的文字攝取營養，偏偏那些文字就少了點碳水化合物。「但還是營養豐富。」卡爾每次聽到總要這樣反駁。

卡爾的腳上總是穿著厚實又笨重的鞋子。鞋子的材料用了厚厚的黑色皮革和結實的鞋底，難免讓人以為這樣一雙鞋就夠人穿上一輩子。對了，一雙好襪子也很重要。然後再穿上橄欖綠色的吊帶褲和同色系的有領外套。

他總是戴著一頂窄簷漁夫帽，好隨時保護眼睛不受雨水或刺眼陽光的干擾。除了睡覺之外，平時就算進到室內，卡爾也不會把帽子摘下來。因為沒戴帽子，讓他覺得自己好像沒穿好衣服一樣。人們也很少看到他不戴眼鏡。特別的是，那副眼鏡的鏡架是幾十年前卡爾在古董店裡買到的。眼鏡後方是卡爾那雙充滿智慧的眼睛，雖然它們經常看起來像是在光線不足的環境看了很久的書一樣

「鄔小姐，您大駕光臨，真是太好了！」卡爾說著的同時，往鄔雪佛的方向

走過去。郞雪佛也離開莎碧娜，向卡爾的方向走過來。「我可以為您推薦一本很適合讓您放在床頭的書嗎？」

「您推薦的上一本我太喜歡了。最重要的是，兩人終於在結尾的時候看對眼了。當然啦！如果最後兩人還能來上一吻確認彼此的心意就更好了。不過就那本書的情節鋪陳，一個眼神我覺得也夠了。」

「一個眼神傳達出的情感有時可能比一個吻還來得濃烈。有些眼神確實有那種能力。」

「哎呀！肯定不是我接吻的時候！」郞雪佛說這話時，有那麼片刻顯得不太正經，過去她幾乎沒有如此失態過。

「這本書，」卡爾從櫃檯旁的一疊書中拿了一本書，說道：「從拆包後就在等待您的出現。故事的舞台在普羅旺斯，閱讀的時候每個字都散發著薰衣草香。」

「酒紅色書封的書都是最好的！這本書以親吻收場嗎？」

「咦？難道我不小心說溜嘴了嗎？」

「沒！」郞雪佛雖然眼神微慍，還是從卡爾手中接過那本書。

卡爾自然不會給郞雪佛推薦結局不好的書。但或許這本書的結局會有所不同呢！卡爾無論如何都不想奪走郞雪佛對結局懸念的這種小樂趣。

「我很高興這世上有書本的存在！」鄔雪佛說：「真希望書本一直都在，不會改變。畢竟這世界已經改變太多，也變得太快了。現在大家都用塑膠貨幣結帳。每次如果我在收銀台前翻找是不是有剛好的零錢，都會收到旁人奇怪的注目禮。」

「文字被寫下來就會永遠留存下來，鄔小姐。畢竟還有許多事，除了文字，沒有更好的表達方式。而印刷出來的書本就是保存想法和故事最好的方法。印在書本上的想法和故事要流傳個幾百年都沒問題。」

卡爾最後以一個溫暖的微笑和鄔雪佛道別，接著推開一扇貼了宣傳海報的門，走進書店倉儲和辦公室合用的房間。辦公桌上堆滿了成堆的書本，老舊的電腦螢幕框邊到處貼著黃色便利貼，牆上一幅大年曆上也用紅筆密密麻麻地標註了各種待辦事項。

一如往常，他負責的書本都被放在最陰暗角落的一個黑色塑膠籃子裡。以前這個放書的籃子固定擺在辦公桌上，不過自從莎碧娜從父親手中接下書店的管理工作後，這個籃子就逐漸被放到辦公室最難出入的角落。與此同時，放進籃子裡的書也越來越少了。需要卡爾送書的顧客不再像以往那麼多，最近幾年，書店的顧客人數每況愈下。

「早呀！寇洛夫先生！您怎麼看這場球賽？怎麼可能是十一米的罰點球！那

個裁判的判決讓我一直氣到現在！」

說話的是雷昂，新來的建教合作實習生。他剛踏出員工廁所——身上還帶著菸味。每個人都知道，對卡爾問這類問題是白問的。因為卡爾既不看新聞，也不聽廣播、不讀報紙。畢竟有時卡爾也承認，自己是有點迷失在這個世界上的人。不過，這些都是卡爾刻意作出的選擇。因為比起書中的家族悲劇，看到關於國家領導人如何無能的報導、融化的極地冰層和難民的悲慘境遇，讓他感到更心痛。他選擇的生活方式是一種自我防衛，即便他的世界從此變小許多。此後卡爾世界的面積就在兩米乘以兩米的範圍內，而他每天就在這個範圍內活動。

「你讀過J．L．卡爾（J. L. Carr）寫關於足球的那本精采小說[2]嗎？」卡爾沒有在實習生的裁判問題上表態，而是問了另一個問題。

「寫關於我們支持的球隊嗎？」

「不是，寫的是史迪普．辛得比．旺德爾這個球員。」

「沒讀過這本書。除非必要，比如學校規定一定要讀的那些書，不然我是不看書的。再說，就算真的是學校規定要讀的書，我也盡量去找相關影片來看。」

雷昂說完，做了個鬼臉，就好像得意能用這種方式機靈地欺騙過老師，殊不知他騙的是自己。

「你為什麼來這裡實習？」

「我姊姊三年前也在這裡實習。我們就住在街角，這裡離家近。」雷昂沒說的是，沒有找到實習機會的人就會被分派去協助處理一些總務工作，為期兩個星期。而原來的總務人員也會利用這個機會拿這些實習生開刀，讓他們處理一些低下的事情，以報復平時學生在牆上亂塗鴉、在桌板下亂黏口香糖或是亂塞吃剩的麵包等讓他們為難的行為。

「你姊姊看書嗎？」

「有啊！她在這裡實習過後。不過，放心好啦！那種事不會發生在我身上！」

卡爾只是微微笑了笑，因為他很清楚，雷昂的姊姊開始看書的原因。他之前的老闆顧斯塔，現在住在「教堂景觀長青之家」的書店前老闆顧斯塔就非常擅長對付像雷昂和他姊姊這類不愛讀書的人。顧斯塔會讓這些人去把那些裝在塑膠套膜裡的賀卡擦乾淨，而且是一張張地擦乾淨。這樣一來，那些實習生就會無聊到必須在絕望之中隨手抓一本書來看，而這本書通常是顧斯塔早就技巧性地放到他

2 所指為《史迪普．辛得比．旺德爾如何贏得英格蘭足總盃》（*How Steeple Sinderby Wanderers Won the F.A. Cup*）。

們附近的書。過去，顧斯塔總能成功地讓這些人轉換性情。顧斯塔對小孩子也自有一套辦法。卡爾則不然，小孩子對卡爾來說像是某種陌生的生物。這種情形從卡爾自己小時候就一直是這樣。而且隨著離童年越來越遠，小孩子這種生物對他來說只是變得越來越陌生、越來越難以理解。

當年老顧斯塔用一本講述年輕女孩愛上吸血鬼的小說吸引了雷昂的姊姊。對於雷昂這種剛進入青春期的少年，顧老先生應該會為他準備一本封面有青春少女圖案的書吧！而且，他還會刻意不挑太厚的書。

老顧斯塔常說：「讀什麼不重要，重要的是讀得下去。」卡爾就不是會為所有印出來的文字畫押掛保證的人，因為他認為，有些書頁間的思想就像有毒一樣——雖然其中更多的是能撫慰人心的文字。有時甚至能撫平那些人們都不知道，原來自己還有需要療癒的傷口。

卡爾謹慎地從角落取出那個黑色塑膠籃子。今天籃子裡只有孤零零的三本書。接著他找來棕色的包裝紙和綁繩，將每一本書包得像禮物一樣。對此，莎碧娜也對他說過好幾次，要他不要再包書，以節省成本，但卡爾卻堅持他的客戶希望他這樣做。雖然卡爾自己不曾察覺，但他總要憐惜地輕撫過每本書，才會把它們一一包進厚厚的包裝紙裡面。

最後卡爾才會拿出他那個橄欖綠色的軍用背包。這個背包上雖然看得出來有些歲月的印記，但多虧卡爾的細心呵護，還保有良好狀態。此刻的背包還沒裝東西，但從背包上垂懸的縐摺看得出來，這不是它常有的樣子。卡爾溫柔地將書本裝入背包中。背包用厚實的布料做成，卡爾特地在裡面鋪上一層柔軟的毛毯，彷彿是要把一隻幼犬帶到牠新主人身邊一樣的小心翼翼。至於三本書在背包裡擺放的位置：卡爾讓最重的書貼著最靠近自己背部的位置，而最小的那本則放在離他的背最遠的空間，因為這樣背包背起來時的角度才不會傷害到書本。

跨出書店前，卡爾思索了一下子，然後轉向雷昂，說：「如果你能把架上的賀卡擦乾淨，古魯柏小姐會很開心的。最好能把整個架子搬進辦公室裡面擦拭，這樣你就可以在裡面不受干擾地做這件事。之前我都在這張辦公桌旁擦那些賀卡。」說完，卡爾把剛在架上看到的一本尼克．宏比（Nick Hornby）的小說《足球熱》（*Fever Pitch*）迅速放到辦公桌上。封面上的綠色球場十分醒目——雖然這肯定也是讓鄔雪佛不屑一顧的原因。

被卡爾稱為該他上場的區域範圍，其實不過是穿過市中心，既沒有直角，也不對稱的多邊形。最後，屬於他的世界就終結在像老人不齊整的齒列般的城垣殘跡處。卡爾已經有三十四年未曾離開過這個活動範圍，畢竟在這個範圍內就有他生活所需的一切。

卡爾走很多路，而且他在腦子裡想的事情就跟他步行走的路一樣多。有時候他甚至覺得，似乎只有在他步行時才能好好思考，就好像只有踏在路磚上的步伐才能讓他的思考動起來一樣。

走在這座城市之中，雖然不見得會發現這座城市是圓的，但城裡的每隻野鴿和麻雀都知道這個事實。每棟老房子、所有的街巷都面向大教堂，更顯得矗立其中的大教堂無比雄偉。倘若這座城市是鐵道模型的一部分，大概會讓人覺得大教堂的比例設定有誤。原來建造大教堂時，正值這座城市在歷史上短暫的富裕時期。只是在大教堂建好前，這座城的風光景象早已不復見，因此大教堂的塔樓始終沒有完工。

城裡的屋舍盡皆虔誠地圍繞著大教堂。其中有幾棟特別老的房子，從屋頂的角度甚至還看得出微微向著大教堂傾斜。城裡的屋舍尤其在大教堂大門前騰出了最大的空間，讓這裡成為這座城裡最寬廣、最美麗的廣場，人稱大教堂廣場。

卡爾踏進廣場，馬上又覺得自己好似林中承受獵人的眼光和槍管窺伺的鹿。每想到此，卡爾就忍不住嘴角上揚。因為除了這種時刻之外，他從未感覺自己像一隻鹿一樣。大教堂廣場是最能感受到這座城市氣息的地方。城市在十七世紀時一度遭到包圍，當時有位糕餅師傅以一種輪狀的糖粉糕點寫下一頁傳奇。這種圓形糕點上方有著輪輻的樣式，以巧克力醬為餡，最後再撒上一層糖粉。糕餅師傅把這些糕點送去給圍城的敵人，傳達城中居民希望他們撤離的心意。雖然事實上，根據文獻記載，這種高熱量的糕點要到兩百多年後才被發想出來，但人們仍流傳這則老故事，而造訪這座城的遊客也喜歡這樣的傳說。

卡爾習慣以緩慢又一致的步伐踩在大教堂廣場相同的路磚上。如果行進路線不巧被人擋住，卡爾會停下腳步等待，之後再加速前進，以彌補先前流失的時間。這條穿過廣場的路線是卡爾刻意規劃的，為的是在市集日也可以暢行無阻。此外，這條路線還盡可能遠離廣場上四家有賣糖粉輪子餅的糕餅店，因為卡爾已經無法忍受那些糕點油膩甜蜜的氣味。

這時卡爾彎進貝多芬街。這條街雖然比小巷子大點，但對比這位偉大音樂家的成就還是顯得不夠公道。將城裡所有街道名稱改以知名音樂家命名，是都市發展局一位官員的提議。這位官員甚至選定他個人最喜愛的舒伯特，做為城裡最大一條道路的路名。

雖然卡爾自己可能不知道，但此刻他就覺得身處自己世界的中心。他的兩側分別是十八號和五十七號電車路線。（這座城市雖然只有七條電車路線，交通上卻讓人有大都會的既視感。）另一側是北向的快速道路，再另一側臨河。這條河一年裡面大部分時候都肆意地向人展示著美好的風景，只有春季時有那麼幾天會有洪水淹堤的問題，像一隻青春正盛的獅子，偶爾吼個幾聲，即使他的聲帶還沒有完全成熟。

卡爾今天的第一個目的地是住在薩利爾街的克里斯堤安．馮．霍內旭。那座深色石材打造的別墅向路面退縮了一點距離。如此一來，它的豪華才不至於過分引起過路行人的注意。猶如蜷縮成一團的黑天鵝，靜待開展華麗雙翅的時機。別墅後方還有一座以壯碩的橡樹圍起來的長方形花園。為了白天裡可以隨時讓陽光灑落在書頁上，花園裡還擺了三張長椅。

卡爾知道，霍內旭先生很富有，但並不知道他是城裡最富有的人。其實根本沒人知道這件事，就連霍內旭先生自己也不知道，因為他從不和別人作比較。霍內旭先生的家族在幾個世代前，就在河畔以皮革加工起家致富，並且挺過工業化的衝擊。所以如今的霍內旭先生不需要勞動營生，只要讓錢為他工作。他的股票和資產自會為他帶來收入，因此他只需要管理他的資產管理人。家政婦每天來一次，為別墅的主人料理餐食和打掃那些較少使用的房間。園丁一個星期來一次，確保陽光暢行無阻地找到通往書頁的路。此外，還有每個月一次上門的總務巡檢服務。另外，星期一到星期五卡爾每天送來一本新書，而且通常隔天霍內旭先生就會讀完。就卡爾所知，霍內旭先生已經很久沒有離開過他自己王國的疆域了。

卡爾拉動一根銅棒敲響門鈴，別墅內隨即響起一陣沉穩的鈴聲。一如往常，房子的主人穿過幽暗的長廊來開門需要一點時間。好不容易等到那扇黑色木造門發出開門的聲音，那扇門最終也只會開啟一條小縫。霍內旭先生從不踏出門外。他是個長相俊美的男子、髮色深沉、長得很高、顴骨高挺、下巴有型——還有一股像灰霧般籠罩一切的憂鬱。霍內旭先生總是穿著深藍色雙排扣外套，外翻在前胸的領子上繡有一朵盛開的白色蘭花。他的黑皮鞋總是擦得晶亮，一副像要趕赴歌劇院參加舞會的樣子。其實霍內旭先生的年紀比他的穿著品味年輕許多，才剛三十七歲。只是他很小就開始穿西裝，因此穿著西裝對他來說就像其他人穿牛仔衣褲一樣自然。

「寇洛夫先生，您來晚了。我們約定的時間是七點一刻。」霍內旭先生問候道。

只見卡爾自然地低下頭，小心謹慎地從背包裡面把預定的書拿出來。「這是您新訂的小說。」卡爾邊說著，邊把運送過程中稍微弄歪的繩結調整好。

「您推薦我讀這本書，希望這本適合我讀。」霍內旭接過書後並沒有馬上打開包裝。這是一本敘述亞歷山大大帝師從亞里斯多德的小說。霍內旭先生只閱讀和哲學相關的書籍。

接著，霍內旭遞給卡爾一些小費，他一向以書的重量衡量該給多少，關於這方面他事先作過研究：「下次還請一樣準時。準時可是連君王都重視的禮節。」

「祝您有個美好的夜晚。再見！」

「會的。我也祝您有個美好的夜晚！」

霍內旭關上厚重的大門，整座別墅馬上看起來像是沒有人住一樣。

別墅的主人知道卡爾是個志趣相投、有教養、有禮貌的人，過去他常喜歡和卡爾聊些關於書本和作者生平的內容。只是隨著認識的時間越久，如今這些話也省下來了。大別墅有太多房間，興許他是把這些話語遺留在某處了吧！

卡爾告別霍內旭，又或者說，他道別的其實是另外一個人。因為卡爾總能在現實世界裡看到對應小說角色的人。對他來說，這座城市住滿了從書本裡走出來的人，雖然原本書中的人物可能生活在不同年代或其他遙遠的國度。打從第一次見到霍內旭因為他來送書，開啟別墅那道厚重的大門起，他已經是卡爾心底珍·奧斯汀（Jane Austen）的偉大小說《傲慢與偏見》中的人物了。此刻的卡爾正離開十八世紀德比郡的彭伯里莊園和住在裡面的費茨威廉·達西（Fitzwilliam Darcy）。達西先生是個富有又聰明的紳士，除了偶爾有些傲慢和嚴苛之外，言行舉止基本上無可挑剔之處。

其實卡爾把人對應到小說人物的這個特殊習慣，是因為除了小說人物的名字，他不擅長記住人名。早在讀小學時，其他同學會為許多老師取綽號。而且那些綽號通常不會是太討喜的名稱，諸如馬桶刷、嗎啡王子、說話像下雨的人。卡爾卻為這些老師取了不同的綽號，如奧德賽、崔斯坦或格列佛。與同學不同的是，卡爾在高中畢業考之後，仍然沒有停止為人取綽號的習慣。就這樣，他在實習期間到書店途中常遇到一個穿著破舊軍服的年輕龐克族，他就把這個年輕人取名為「好兵帥克」[3]。卡爾常去買蘋果的水果攤婆婆，被他想像成白雪公主故事中的壞皇后——幸好，這個壞皇后可沒真的在她賣的水果中下毒。不知何時，卡爾猛然注意到，他住的城市裡到處都是從文學作品中走出來的人物，幾乎每個居民都可以從文學作品中找到相對應的代稱。於是，接下來幾年，他認識了市警局

3 *Der brave Soldat Schwejk*，捷克作家雅洛斯拉夫·哈謝克（Jaroslav Hašek，1883～1923）未完成的遺作。一九六〇年曾在德國拍成電影，從此帥克傻兵的形象深植人心。

刑事組組長「福爾摩斯」，還有經常穿著像和服的薄長罩衫來開門的「查泰萊夫人」。當年還是年輕小夥子的卡爾差點還愛上這位「查泰萊夫人」呢！只是最後這位「查泰萊夫人」是和「梅勒克的阿德索」[4]一起離開這座城市。《白鯨記》中的亞哈船長[5]，在卡爾的現實生活中，則被花園裡一隻他怎麼也抓不到的大鼴鼠困住。一直到「沃特．法貝爾」[6]死前，卡爾持續為這位重病的工程師送去關於南美洲的書。「基度山伯爵」[7]住在鐵窗圍起來的房子裡，而且那棟房子之前就是監獄，新的屋主竟又造了牆把它圍得更牢實。

卡爾總是能在記住別人的真實姓名前，就為他們找到適合的文學作品人物名字。這種習慣彷彿是卡爾的記憶主動想要確保他不受俗務干擾的保護機制。而且，每從他為人挑到對應的代稱開始，他也不再讀得到對方的真實姓名。就拿看到克里斯堤安．馮．霍內旭這個名字來說，在從視網膜到他大腦的這條路徑途中，就會在卡爾察覺不到的情況下，神奇地自動轉化成達西先生這幾個字。只有在特殊情況下，他的腦袋才會大發慈悲地勉強擠出一個世俗的名字。

這樣一來的好處是，他的腦子也不必記住太多東西。

卡爾穿梭在曲折的街巷間，正要走向另一個文學作品中的人物。比起那位最終幸福地步入婚姻生活的英國紳士，接下來這個人的命運可是悲慘多了。

其實，這位女顧客早就等在門後，不時從門上的貓眼窺看街上的情況。路過的人並不多，沒有人會在這條街上悠閒地散步，也沒有人會覺得這條街上的建築美到令人想駐足欣賞，因為值得讓人流連的美觀建築還在幾條街外。人們總是快步走過老城區的這個區塊，因為這條街上壓抑人心的侷促感令人難以忍受，而且屋上的山形牆總像有意把過路人頭頂上的空間閉鎖起來，不讓陽光照進來一樣。

躲在貓眼後方的嬌小少婦清楚卡爾到達的約略時間。她雖然也知道，自己大可在客廳等門鈴響，無須如此這般做出連續幾分鐘躲在貓眼後方往外窺看的蠢事，但她就是忍不住。此時，安德蕾雅・克瑞蒙將一綹金色髮絲塞到耳後，並順了順自己身上的洋裝。從幼稚園開始，她就一直是學校裡最漂亮的孩子，雖然得到許

4 Adson von Melk，安伯托・艾可（Umberto Eco，1932～2016）的小說《玫瑰的名字》（*Il nome della rosa*）中的主人翁。

5 美國小說家赫爾曼・梅爾維爾（Herman Melville，1819～1891）作品中捕鯨船的船長。

6 Walter Faber，瑞士作家馬克思・弗里施（Max Frisch，1911～1991）《能幹的法貝爾》（*Homo Faber*）中的人物。

7 法國文豪大仲馬（Alexandre Dumas，1802～1870）作品中的人物。

多人的愛慕，卻同時也招來許多嫉妒的眼光。她很年輕就嫁給從事保險業的成功人士。丈夫名叫馬蒂亞斯，為了維持體面的生活，他晚上和週末都要工作。安德蕾雅本人是受過正規教育的護理師，目前在一家小型家醫診所兼職半天班的診間助理。由於病患喜歡看她，而且她的舉手投足有安撫人心的效果，因此就被安排在掛號櫃檯。從來沒有人對安德蕾雅說過，她應該微笑這件事，她自然而然就這樣做了，或許這屬於維持美麗形象的一部分吧！因為長得美又不笑的人，往往會被認定是個傲慢的人。總之，安德蕾雅一整天臉上都掛著微笑。

她從來不敢看起來不完美，因為不知道不完美的自己會發生什麼事。不知道，不完美後其他人會怎麼看待她。卡爾看起來就像一個無須刻意笑顏以對的人，因為他總是能找到準確的用詞來形容發生的事情。安德蕾雅覺得，卡爾的措辭用字就像調香師為昂貴的香水找出適合的成分一樣精確。想到這裡，安德蕾雅停止笑容，放下原本已經往後撥的髮絲，任由這幾根頭髮散亂地擺在耳際。

只不過，在發現卡爾轉進這條街後，安德蕾雅又馬上把頭髮塞回耳後。

卡爾按過門鈴後，就在門前靜靜地等候。安德蕾雅總是需要一些時間才能氣喘吁吁地趕來開門，而且就算還喘得厲害，每次臉上總還是不忘掛著親切的笑容。

門外的卡爾才聽到急切轉動鑰匙的聲音，接著門就打開了。

「寇洛夫先生，您今天來早了！我沒想到您這時候來，我現在看起來應該很糟。」安德蕾雅說這話的同時用手撥了撥她看起來整齊完美的頭髮。她今天的髮型搭配一身紅玫瑰花樣的優雅洋裝再合適不過了。

卡爾覺得安德蕾雅看起來美極了，但她的身影仍然讓卡爾感到一些哀傷的氣息。因為在這副美貌下有些卡爾無法理解的事情——而這些應該和他現在要從背包裡拿出來的東西有關。這次送來的是安德蕾雅非常喜愛的一本書。書的重量對卡爾來說從來不是問題，他更在意的是書中內容的分量。順帶一提，卡爾認為書本合理的重量應該是比一塊巧克力重，比一公升牛奶輕。

「這本好看嗎？」安德蕾雅邊整理了包裝上的蝴蝶結，邊問卡爾。

「依我目前為止聽過的評價，這本《闇影玫瑰》（*Die Schattenrose*）和這位女作家的其他作品比起來絲毫不遜色。」

「情節夠戲劇性吧？」

這下輪到卡爾笑了出來。這兩人間自有一份不用言語傳達的默契。卡爾為安德蕾雅送來的書，一定是過程情節夠戲劇化，並且結局以悲劇收場。以前卡爾不時也會推薦她幾本結局圓滿的書，但這類書從來引不起她的興趣。安德蕾雅認為這些故事太不真實了，她喜歡的是那些女主角飽受折磨，最後死掉，或落入不幸的深淵，或最終孤獨一人的小說。倘若有開放式結局的小說，也只有在能讓她聯想到前述任一種情況時，她才接受那是一本值得一讀的書。

「和以前一樣，我不會先透露內容的。」卡爾說道：「對了，上一本小說您喜歡嗎？」

安德蕾雅深吸了一口氣，然後搖搖頭，說：「那個故事太悲傷了！女主角最後竟然走進水中……您怎麼沒事先警告我會有這樣的結局？」說畢，她調皮地噘了噘嘴。

「哎呀！我總不好提前透露劇情給您呀！」

以前卡爾總是用看起來令人心情愉快的彩色包裝紙包裝送來給安德蕾雅的書，但結果受歡迎的程度都不如預期。

「可否請您下週再幫我帶來一本書？我聽說有本小說因為故事上演的地點是在冬季的格陵蘭，所以整個故事都在暗夜進行。故事中的主角剛失去孩子。您知道這樣一本書嗎？我覺得，是個聽起來頗吸引人的故事。」

卡爾不僅知道這本書，他甚至還希望安德蕾雅永遠都不要知道有這本書的存在。

「好的，到時我會帶這本書給您。」卡爾不說他樂意送書過來，因為如果由他來決定，他不會送這本書來給安德蕾雅。

「您還有其他適合我的書可以推薦給我的嗎？」

「最近有本新出的推理小說，故事的背景就在我們城裡。我自己是還沒讀過，但聽說是個很有趣的故事。」

安德蕾雅做了個甩開的手勢，說：「您覺得，我會喜歡那本書嗎？」

卡爾自覺有責任不說謊話。因為人一旦開始說謊，就很難不會有下一次、再下一次，所以他回道：「不。」

「我也這樣認為。」

「但是那樣一本書可以逗您發笑。而且，以下請原諒我的無意冒犯，我想說的是，您的笑容真的很美。您必定知道卓別林曾說過：『沒有笑容的日子就是失敗的一天。』人生在世的時日不多，實在由不得我們虛耗啊！」卡爾還未曾對安德蕾雅說過這些話。或許是這天從她臉上顯露出來的悲傷更甚以往，而且還讓卡爾察覺到了也說不定。卡爾也不清楚自己到底為什麼要說這些話，但有時他確實會說出一些不經大腦的話。

安德蕾雅止住笑容，只見她的下嘴唇輕輕顫抖，說道：「謝謝您！剛才的對話成了我這一天的救贖。非常感謝！」話才說完，門就馬上被關上了。

對卡爾來說，在他面前把門關上的不是安德蕾雅，而是那個太早步入婚姻、渾身滿溢哀傷的艾菲．布里斯特[8]。在小說中，艾菲．布里斯特的命運就像安德蕾雅讀的小說裡面許多女性角色的人生一樣充滿悲劇。卡爾多希望自己除了為安德蕾雅送書過來之外，還能多為她做點什麼。畢竟小說裡面只是寫出其他女性也受命運的折磨，卻沒有告訴讀它的人該如何結束這些痛苦。

安德蕾雅在門後強忍淚水。她其實很想跟卡爾說今天發生的事。但是如果這麼做，她勢必得先再次經歷過一遍已經發生過的事。她不願也不想！她用顫抖的雙手打開書本的包裝，迫不及待地在玄關廊道上讀了起來。

安德蕾雅的新書才讀到第一頁就有人自殺了。至於卡爾，沒走幾步就聽到身旁傳來細微的小貓咪咪叫的聲音。他低頭往下尋找聲音的來源，正看到一隻瘦弱的三腿小貓仰頭看他。小貓的毛髒汙而凌亂，貓耳上也看得出各種打鬥後留下的痕跡。卡爾既無從分辨眼前是公貓還是母貓，也不知道這隻小貓如果有家的話，家在何處。卡爾只知道，他和小貓是相熟的好友。如果說別人的貓是養在家的寵物，那麼他倒是有隻陪他散步的動物朋友。

「嗨！狗兒！」卡爾笑著這樣喊小貓。這隻小貓常有些像狗的行為，所以卡爾為牠取了這樣的名字。狗兒一邊走著一邊四處嗅聞，並不時標記自己的領地。準確地說，狗兒並不咪咪叫，而是發出低沉吼聲。卡爾和顧客交談時，狗兒不會像貓一樣坐著，而是像條狗一樣匍匐在地。牠隨處可以趴著，就連在非常狹窄的樓梯欄杆上也不放過。

這時狗兒在卡爾的褲管上蹭幾下，接著往前跑一小段距離，再停下來催促似地回頭盯著卡爾看。這隻聰明的小動物似乎知道，在卡爾今天送第三本書時，應該會順便給牠一點吃的東西。走過四個路口後的伊莉莎白噴泉附近，住著一位情況剛好跟艾菲小姐相反的老太太。這位老太太總是異常開朗，而且經常把各種顏色往身上堆。此外，老太太常穿著不成對的襪子或鞋子，或有時是她吊帶褲一邊的肩帶只耷拉著半掛在肩上。在她的住處，所有的物品都是成堆成疊地擺在一起，人行其中就像穿梭在狹小的山谷和溪壑之間。這位老太太總讓卡爾想起有本童書裡的無厘頭小女孩。那個小女孩總有辦法把世界變成她想要的樣子。只是這位年紀較長的大女孩從來不會踏進這個世界，因為暴露在天空下就讓她感到害怕。

8 Effi Briest，德國作家馮塔內（Theodor Fontane，1819～1898）反映當時現實主義風潮的同名小說。馮塔內小說中，年方十七歲的艾菲小姐嫁給年長許多的男爵。由於年齡與身分地位的差距，在婚姻中得不到關愛和溫柔對待的艾菲小姐，轉而與另一位軍官相戀。丈夫在幾年後從書信中發現這段婚外戀情，不僅公開刺死軍官，還和艾菲小姐離婚。離婚後的艾菲小姐不見容於當時的社會道德觀，甚至被自己的家人拒於門外。

大概是七年前，當時她正與丈夫在核桃樹蔭下享受夏日的美好風情。沒想到突然颳起一陣夾帶強風豪雨的風暴。兩人匆忙躲進屋裡才想起，竟然把垃圾桶忘在家門前的馬路上。一想到這樣的行為很容易引起街坊鄰居的抱怨，丈夫不顧她的阻止旋即衝回暴風雨中。她記得當時丈夫還對她說：「馬上就好，我很快回來。再說，還能發生什麼事呢？」沒想到他們屋頂上的瓦片早已鬆脫，乘風變成了兇器，就這麼正正砸在丈夫頭上。

從那時起，她就不再在意鄰居的觀感，但也就此不再踏出室外。

打開門時，她從來不說：「您好啊！寇洛夫先生！」、「嗨！」或是「見到您真好！」她的招呼語會說：「太『豪』看了！」、「上一本小說寫到幾輛二手車……」或是「『飽』歉」。今天卡爾按鈴時，她咧嘴大笑地喊著「自『蛙』探索」迎接他的到來。

這下輪到卡爾要即興為這個詞找到聽起來可信的定義。

「自『蛙』探索指的是對於構成自我內在核心價值的認知過程。格林童話中的『青蛙王子』一開始講的就是這個概念。自『蛙』探索這個詞假定每個人心中都有一隻青蛙，而這隻青蛙要通過愛的考驗，也就是童話故事中公主的吻，才能變成英俊瀟灑的王子。精確的用詞於一九二三年首次出現在佛洛伊德的著作《自我與本我與青蛙》9中。」

長襪太太這時遞給卡爾一顆櫻桃口味的糖果作為獎勵。如果他無法說出讓長襪太太滿意的答案，他就會得到一顆檸檬味的糖果。得到糖果後，卡爾就會取出長襪太太訂的書作為交換，而且卡爾總不忘在包書的包裝紙上畫上一朵大大的紅花。長襪太太讀的書籍類別廣泛，從歷險小說、科幻題材到幽默的內容，各種各類都有。但前提是，這些書的內容都要輕鬆「好消化」，無須她絞盡腦汁就能讀懂。

「後天我還有個字要來考考你，」長襪太太關上門前對卡爾說：「到時可是個非常、非常難解的題目了！」接著，她轉向狗兒，從褲子口袋掏出一些小點心，小狗兒也興奮地一口咬下。

這下子卡爾背包裡的書雖然都送完了，他還想去看一位顧客。每次要去拜訪這位顧客都讓卡爾非常開心，因為這位顧客男中音等級的嗓音可說是卡爾聽過最溫暖的聲音了。如果有人想要在沙發上好好聆賞一個聲音，那這個男人的嗓音應該就是不二選擇。對卡爾來說，他是朗讀者。他讓卡爾想起徐林克（Bernhard

9　佛洛伊德原著作名為《自我與本我》（*Das Ich und das Es*），卡爾口中的書名加入童話元素的「青蛙」以配合顧客「演出」。

Schlink）的小說《我願意為妳朗讀》裡面的少年米夏。米夏愛上比自己大二十幾歲的女人，並為她朗讀書中的文字。只不過，卡爾這個顧客朗讀／說書的對象是捲菸工廠裡的女工。這座全國唯一的捲菸工廠，開廠也不過是幾年前的事而已。工廠養得起一位朗讀者，整個上班時間他只需要負責朗讀書中的內容，就像古巴當地的捲菸工廠一樣。這整件事其實就只是行銷噱頭而已，因此朗讀者的收入並不多。儘管如此，朗讀者熱愛自己的工作，所以脖子上總是圍著圍巾來保護聲帶。除此之外，為了保養聲帶，出了捲菸工廠他幾乎不說話。所以當他私下打電話請卡爾幫他買些只有書店旁的藥局有販售的喉糖時，免不了是比較讓人吃驚的事。而最近城裡流感頻傳，正是朗讀者不想親自上街的好理由，也因此，他今天開門時只開了個小縫。朗讀者接過喉糖，除了回報卡爾感恩的微笑外，還連同代購費用的幾枚硬幣遞上大方的小費以表謝意。（由於卡爾明白朗讀者生活也不闊綽，他原本不打算收下這筆錢。）等不及關上住處的大門，朗讀者就直接打開包裝取出一片喉糖。朗讀者租住的地方在一棟外表樸實的公寓樓裡。這麼形容是因為，這棟樓蓋得就像當初建造時把所有能呈現出一點點美感和愛意的設計全都省了下來。於是，這棟樓恍如蓄養雞隻的籠子般，純然就是一座功能性建築。

背包裡空無一物時，總讓卡爾心中生起一股悲情，因為這表示他該回家了。他並非不喜歡自己的家，只是狗兒從來不會跟他一起走到家門口，而自家門後沒有人在等他回家。當他需要安慰時，打開那扇門，既沒有人會跳出來抱他，也沒有人會用充滿期待的眼神看望他。返家前的最後一段路，他總要穿過城裡的中央墓園。這讓卡爾感到內心一片平靜。知道自己的人生終有結束的一天這點，心中的不安就少一點。當然，這座墓園優美的環境也是原因之一。這座墓園已經有超過兩百年的歷史，墓園中央還有座面露會心微笑、以正待收割的骷髏人形象出現的死神雕像。

卡爾家門鈴上的名牌寫著「E・T・A・寇洛夫」。這個名牌是個小謊言，不過幸好只有一半不是事實，至少姓氏是真的。卡爾一直很佩服德國浪漫主義作家E・T・A・霍夫曼（E. T. A. Hoffmann）——因為他名字的縮寫。到底有誰會把三個名字的縮寫全部用上？文學方面有托爾金（J. R. R. Tolkien）[10]、音樂方面有C・P・E・巴哈（C. P. E. Bach）[11]。有三個縮寫字母的名字是件很特別的事，光

10 《魔戒》（*The Lord of the Rings*）的作者。

11 「古典樂之父」巴哈（Johann Sebastian Bach）之子。

是這三個字母之間就藏有許多故事。彷彿在這三個字母間隱藏了很多秘密——而且也已經說明，為什麼有這種名字的人都不會完完整整寫下自己的全名。

曾經有新來的郵差不知道這個名牌背後其實住了一位名叫卡爾的人，結果因為收件人的名字對不上而把寄來的信件退回去。就算曾經發生過這樣的事，卡爾也沒想過要更換名牌上的姓名。他想著，自己如今已經七十二歲，反正會寄來的信件已經不多了。再說，就算真的有信寄來都不是什麼值得高興的消息，所以讓那些信件到郵務中心多轉個一圈也不是什麼大不了的事。

卡爾的住處房間太多了：總共有四個房間，另外還有一座小廚房、一間沒開窗的浴室和一間沒開窗的廁所。有時候，那些多餘的房間讓卡爾覺得它們就像是從來沒種植過東西的苗圃地。因為其中兩個房間原先是他打算給自己的孩子使用的。這兩間房中的一間更是為女兒設想，所以有扇窗戶面向充滿綠意的中庭。至於另一間規劃給男孩的房間，則有一扇臨街的窗子，為的是方便兒子從這扇窗觀察來往的車輛。可惜卡爾從來沒遇過可以一起生兒育女的女人。但他還是繼續住在這裡，幸好幾十年來租金都沒有調漲過，或許這裡早就被遺忘了也說不定！

和卡爾同住的都是紙做的家人，為了防止光害和灰塵，卡爾還特定將這些「家人」擺進裝了霧面玻璃的書櫃中。書櫃裡的書都希望能讓卡爾一讀再讀，就像珍珠渴望常被人穿戴，因為唯有如此才能更顯柔美光澤，或甚至像寵物希望得到主人的愛撫，好以此感受到主人的愛一樣。有時候卡爾甚至覺得，那些書裡面的文字都是從他的細胞發散出來的一樣，不過他很快就意會到，這是因為這些年來自己根本已經把這些書都讀到心坎裡去了。

卡爾能理解，為何有些人像集郵一樣囤書。這些人的眼光不時流連在書背之間，因為書中讓他們感同身受的人物栩栩如生，因為書中的人物有著和自己相仿的命運，或者單純只想聽他人的故事。生活在書本之間的人，就像和一群志同道合的朋友住在一起一樣熱鬧。

進門後，卡爾將綠色外套掛在門後的掛鉤上，把背包放在一旁，再把這兩樣物品擺正。接著他會走進小廚房，在簡單的小餐桌上給自己來上一片塗了奶油、撒了少許鹽粒的黑麥麵包搭配一杯酸菜汁，最後再吃一顆切成四等分的青蘋果。

這座公寓當初的出租廣告上寫著「帶陽台」，但實際上的「陽台」只是兩扇玻璃落地窗外一處鍛鐵欄杆圍起來的象徵性空間。落地窗旁擺的是跟了卡爾多年的高背扶手單人沙發，沙發上通常有一本夾著收據做為書籤的書。坐在這個位置上，卡爾可以像現在一樣眺望老城區。至於用來窺看他的某個顧客是否正在街上走動，或看狗兒在哪戶人家屋頂上跑跳，從來不是他會做的事。卡爾總是準時看書到十點鐘，然後他會去洗漱，接著上床準備睡覺。每當他蓋上棉被時，他就知道，隔天他又能把幾本特別的書送到他重視的顧客手上。

Chapter 2

異鄉人[12]

卡爾醒來，感覺到自己像一本又遺落了幾頁的書。過去幾個月來，這種感覺愈發強烈。卡爾覺得，如今自己的人生這本書似乎已經剩下沒幾頁可寫了。

卡爾走進廚房煮了咖啡。溫度抵達他惺忪的手指，彷彿有人在陶瓷杯裡點了個小火爐。一絲幸福感隨著這股和煦的暖流，一點一點地滲到他體內，在他全身蔓延開來。即使稍微貴了一點，也比較容易破損，但這是他堅持使用薄壁陶瓷杯的原因。實在是因為太厚的瓷器讓他無法感受到一點溫度。

日子像一部粒子比較粗的黑白電影般流逝而過。讓人看已經發生過的事，只剩隱約可見的模糊輪廓。直到卡爾踏進書店，大門上掛的鈴鐺聲響起，他的生活才開始出現一點顏色。莎碧娜已經在櫃檯後方站定，她刻意站在那裡，讓客人看

12 此處向法國作家卡繆（Albert Camus，1913～1960）的同名小說《異鄉人》（*Der Fremde*）致敬。

不到她身後牆上掛著的金色裱框剪報。那篇報導以大半頁的照片報導卡爾特殊的送書服務。當時甚至還有電視節目報導過這件事。許多人因為送書服務的這層光環才訂了書。只是這種新鮮感的吸引力消退得很快，而那些顧客很快就意識到，自己其實不愛看書，充其量只是一時受到電視節目播出的風潮影響。

今天卡爾的籃子裡有兩本書。雖然只是兩本頁數不多的書，但卡爾把他們裝到背包時，卻分明能感受到它們的重量。

待整理的明信片展示架旁，雷昂蹲在鋪了地毯的地板上，正出神地盯著手機看。一旁的桌上，宏比的書還文風不動地躺著。面對連通全球的網際網路不斷的召喚，就算是宏比迷人的文字也很難讓人聽到。

「又要去巡邏了嗎？」說著話時，雷昂的眼睛一刻也離不開手機螢幕。

「我又不是警察，」卡爾回道：「我是去送書。只有書本裡的內容才有可能犯罪。」

「你做的事不會太無聊嗎？」雷昂的視線還停留在手機螢幕上。這讓卡爾覺得，雷昂其實對他的回應沒什麼興趣。只是，如今既然被問到了，卡爾就回答他。卡爾誠懇，而且盡可能詳實地回答。

「我就像時鐘的指針。或許有人認為，這樣的指針未免悲哀。因為它總是走在相同的路線上，而且最終還是會回到它起始的地方。但事實恰好相反，它很享受明確的路徑和目的地。它享受不會走錯路、總是不用多費力思考又精確的安全感。」卡爾望向雷昂，不過雷昂還是沒有抬頭看他。

「我懂。」雷昂說。

卡爾正了正外套的領子，踏出書店，這才感受到他正要執行的任務帶來的一點舒心感。只是，這時的他還不知道，今天開始他又要面對一項新的任務。那將是一個比背負著裝得滿滿的背包還要沉重的任務。

那是一個令人懷念起夏季的秋日。大教堂廣場沉浸在陽光下，一時之間不僅古老的城牆看起來像新的一樣，老城也猶如新建。

卡爾才一踏上被幾代人的無數皮鞋踩踏得光滑的磚石路面，馬上就有被窺視的感覺。那種感覺如此強烈，讓他不得不像燈塔的探照燈一樣停下腳步來環顧一下四周。人們從他身旁川流而過，有些人的速度堪比快艇，也有些人慢悠悠地像搖著小筏前行。但始終沒有人在看他。

卡爾也明白自己必須盡快趕路，以確保履行定下的時間表。他從自己不耐煩的雙腿中可以真確感受到時間正分分秒秒地流逝。於是他繼續往前走，想要甩掉被惱人的蒼蠅緊緊跟隨般的感受，但如何也擺脫不掉。

突然有個頭頂深色鬈髮的小女孩漫步到卡爾身旁，還維持著跟卡爾一致步伐。這小女孩長得和繪本《公主的城堡》（*Ein Schloss für die Prinzessin*）裡的公主一模一樣。那本繪本的後面幾頁有幾件不同樣式的洋裝，可以讓人用魔鬼氈幫故事裡的小女孩穿上不同的衣服。小女孩看起來又有點像童書《莉莉和友善的鱷魚》（*Lily und das freundliche Krokodil*）裡面那個和鱷魚一起對抗壞小丑的主角莉莉。總之，眼前的小女孩穿著一件顯眼的亮黃色厚外套，外套上有大大的木鈕扣。她的腳上穿著黃色針織褲襪和一雙翻毛靴口的淺棕色靴子。不過，最顯眼的還是她頭上戴的軟皮帽掛了一副類似飛行員護目鏡的裝飾，看來是純粹為趕流行加上去的配件，不是真的讓人用來駕駛飛機的。此外，還要想像一下，她臉上有很多雀斑，就像被人用向日葵的花粉撒在臉上一樣。她微翹的鼻尖附近雀斑尤其多，彷彿這是整張臉上最漂亮的地方。至於她的藍色眼珠，是天空般的清澄藍，不是像海洋的深藍色。

「你好！我叫夏莎，我九歲。」她連珠炮地自我介紹，一副她沒想要聽卡爾說自己的名字和年紀一樣。小女孩只是說出自己的資訊，一點也沒要求對等資訊的意思。以夏莎的年紀來說，她長得比較矮小這點，讓她在學校裡難免遭到其他孩子的嘲弄。另外，她也覺得自己有點胖。不過，那也只是身體抽高前的儲備能量而已。

卡爾並沒有放慢腳步。他要盡快把書送到它們的讀者手中。雖然他送的是書本不是蔬菜，但這些書本對他來說就像容易腐壞的東西一樣。

「妳不怕我嗎？」

「不怕。」

「妳不能隨便跟陌生人走。」

「你又不是陌生人，我認識你啊！」

「不，妳不認識我。」

「我常看到你走過大教堂廣場。從我房間的窗子就可以看到。打從我會思考開始就常看到你。而且，我爸比也說了，我很小就會思考了。然後我會思考以後，就沒有停止思考過。思考就一直都在，像大教堂的鐘聲一樣。反正我認識你啦！」

這些話像泉水般從她口中湧出。

「好吧！妳認識我的話，那我叫什麼名字？」

「我也不知道大教堂那幾口鐘叫什麼啊！但就算有其他幾千萬種聲音，我還是有辦法從中聽出它們的聲音！所以我也可以在人群中看到你啊！」

這番說法完全不能說服卡爾，在他看來，小女孩就是太幼稚了。「這麼說來，妳不算真的認識我，所以我就是個陌生人。」

「你是送書人，我給你取的名字，所以我知道你的名字啊！」

卡爾嘆了一口氣，說：「如果妳已經觀察我很久了，那妳就該知道，我一向是一個人走在路上的。」

「沒問題啊！你可以一個人走，我也可以一個人走在你旁邊啊！」

「不可以，」卡爾說：「那可不行。」

卡爾雖然喜歡小孩子，卻不知道怎麼跟小孩相處。他自己的童年已經是很久以前的事了，那些記憶對他來說就像褪色的拍立得相片一樣。而且在他變老的同時，小孩子還是小孩子的樣子。於是，他與小孩子之間的距離就越來越遠了。現在他都不知道該如何跨越這段差距了。

於是，他不理會夏莎，自顧自地往前走。

第二天，夏莎又出現了。起初她不發一語，只是走在卡爾身邊，不時看看他。

「因為你問我是不是會怕你，所以昨晚我仔細想過你到底危不危險這個問題，」說到這裡，夏莎指了指卡爾的腳，繼續說：「可是你的走法不危險。」

卡爾看著自己的雙腳，觀察它們擺動的樣子。他倒是從來沒想過，自己是否以危險的方式擺動雙腳。不過他昨晚倒是想過，如果夏莎又出現時，他該怎麼做。他的結論是：無論如何都不能帶著她一起行動。

所以卡爾說：「或許等我走到角落或是老城區的小巷子裡，我就變得危險了呢？」

「我才不信。」小女孩搖了搖頭，她的深色鬈髮也跟著在頭上擺動起來。

「說不定在那裡我就會把小孩抓起來喔！」

「不可能！」看來那些話一點也沒嚇到她。

「要我證明給妳看嗎？」

「你動作太慢啦！」

「妳確定嗎？要我把妳抓起來嗎？」

「你確定嗎？」夏莎摸了摸自己的下巴，一臉懷疑地揚起眉毛。

「那我要開始囉！」

「所以你現在到底敢不敢？」

卡爾繞著夏莎走，夏莎則是定定地站著。卡爾等到夏莎眨眼時，作勢要抓她——夏莎躲開了，不過也只是往旁邊挪開一小步，僅此而已。卡爾再次作勢要去抓她，又被她毫不費力地躲開了，這次夏莎還大笑了起來。

「我們在學校常玩老鷹捉小雞的遊戲！我可是第二厲害的呢！通常只有思維雅會贏我，不過因為她什麼都很厲害，所以不算數。而且她很壞，她會隨便給人分數，看誰可以做朋友。還會擅自給人改分數。」

卡爾心中盤算著另一種抓夏莎的方法。他已經讓自己夠可笑了。真希望暗地裡沒有人看到這一切，不然他的臉可丟大了。

夏莎調皮地看著他。

「妳說不怕我，可是就我剛聽來，妳會怕思維雅耶！」

夏莎點點頭，說：「真的！每個人都怕她！不過，會怕她還是比較好啦！如果是你，一定也會怕她！」

聽到這裡，卡爾不由得笑了出來。現在他覺得自己彷彿是一座生鏽的機器又重新動了起來。

「你笑起來的樣子好怪啊！」夏莎說：「好像你不知道該怎麼笑一樣。」

「每個人都會笑。」

「才不！我的巴蓓阿姨就不會。她從來不笑的！聽說他們那裡的人都不會笑！」

「所以她是哪裡人？」

「我想，應該是瑞典吧！」

「那為什麼住瑞典的人都不笑啊？」

「因為那裡冬天太冷啦！如果有人張開嘴巴笑，冷空氣就會碰到牙齒，那可是很痛的！所以他們頂多就是微笑。然後巴蓓阿姨遇到好笑的事情時，就會以奇怪的姿勢擺動雙手，或有時還會原地跺腳呢！」

這時卡爾彎進薩利爾街。「妳這樣躲起來，妳父母肯定很擔心。」

「我爸爸還在上班，我媽已經死了。」

聽到這裡，卡爾停下腳步，盯著夏莎看。「噢！真遺憾。」

「遺憾什麼？」

卡爾想了一會兒才說：「妳說的兩件事都有吧！不過後面那件事多點。」

「媽媽只是玄關櫃上的一張照片。我已經不記得她了。所以我覺得，我不能因為她的死傷心難過。」夏莎在嘴上做了個手勢，露出微笑，接著說：「爸比說，我的笑聲和笑起來的樣子都像我媽。所以我喜歡笑，這樣就像媽媽也在對我笑一樣。你笑的時候，你媽媽也會對你笑嗎？」

卡爾不想提到自己的母親：「可是如果妳爸爸回家了，看到妳不在家……」

「他習慣了！我常到處亂跑。爸比從來不會擔心我，所以你也不用擔心我會怎樣。」原來，在夏莎的母親過世後，夏莎的父親又遇到公司減薪，那之後他就投入更多時間在工作上，常在任職的鋼構工程公司加班。如果不這樣，他們可能就必須搬家，而他又不想自己的女兒承受搬家之苦。尤其是不想要女兒因此失去原來的交友圈，他希望至少這點可以維持原來的樣子。

「我想過了，今天我和你一起走。因為我真的太想知道，你都走去哪裡了。之前我只看到你走在大教堂廣場上，然後就看不到了。關於你走去哪裡，我已經畫過好多次了。我指的可是真的畫出來喔！畫成圖那種！現在我真的非知道不可了，我實在太好奇了。就這樣，我就好奇到直接來找你啦！」

眼看達西先生的別墅就在不遠處了。

「英國有句諺語叫『好奇殺死一隻貓』。」

夏莎挑起眉毛盯著卡爾看。

「簡單來說，就是告訴妳：妳別跟來。我說最後一次。」

第二天晚上夏莎再度出現。這回她可是有備而來：反正無論她提出多好的理由，請卡爾讓她同行，卡爾總是有辦法想出更好的意見來反駁她。所以她決定什麼話都不說，跟著走就是了。

倒是卡爾現在每走一步都在等她哪時會冒出一句話，結果是一句話也沒等到。

又因為他實在不知道可以跟夏莎說什麼，所以也決定不說話。兩人於是就這樣並肩走了一陣子。也是在這段時間裡，卡爾決定就讓夏莎跟著。卡爾想著，她今天很安靜，就今天而已，姑且就讓她跟一次，雖然肯定不是什麼明智之舉。這回輪到卡爾看向夏莎。

「妳竟然一句話也不說。這麼安靜呀！」

「當然囉！」

「還有，別像其他小朋友一樣調皮搗蛋。」

「我才沒有！」

「不能騷擾我的顧客！」

「我從來不會騷擾任何人！」

「只有今天例外，讓妳跟！妳知道什麼是例外吧？」

「知道！我又不是小孩子了，我都快十歲了呢！」

夏莎要踏出兩步半，才能跟上卡爾跨出的一步距離。所以她在卡爾身旁的腳步慢慢慌亂起來，而卡爾腳底原本規律的節奏也突然因為被打亂了節奏絆了一下。

達西先生的別墅矗立在兩人面前時，卡爾停下腳步，不由得深吸了一口氣。

「達西先生是個很好的顧客。他幾乎每天都要讀一本書。」

「一整本書嗎？」

「是的。」

「哇！」夏莎崇拜地點點頭，說：「他大概沒太多其他事要做了吧！」她望向別墅，又說道：「那房子裡面不就到處都是書了！一直堆到天花板那麼多的書！」一座充滿書的別墅對她來說就像天堂一樣。不然，至少也是她想像得到的一種天堂。她想像的天堂中，還有另一種非常經典的，那就是到處都是棉花糖樹林和巧克力噴泉的那種天堂。夏莎覺得，九歲的人大可坐擁一系列的各種天堂。

「我想，達西先生不知道怎麼跟小朋友相處。」卡爾按門鈴的同時警告夏莎說道。這當下，他明顯感到自己和夏莎是同一國的。

別墅的主人打開大門後，隨即又直接把門關上。因為他看到夏莎了，以為這個小女孩是為慈善目的募款來的。達西先生非常討厭親自給出捐款這種事。每年達西先生會將自己獲利的十分之一捐給慈善機構。但是親自把錢交到某人手上，會讓他覺得自己在為做錯什麼事情請求赦免一樣。

卡爾又按了一次門鈴。「是我，霍內旭先生，我是城門書屋的卡爾．寇洛夫。」

門又開了。「那個小孩要做什麼？」

「她是陪我來的，她很乖。」卡爾說話的語氣不只是告知，而更像是徵求同意。

「請問您有多少書呢？」夏莎問道：「如果全部一起算的話。」

達西先生搖搖頭，好像他沒聽懂夏莎的問題。

「我算術不錯喔！」夏莎說著，像一陣風似地從達西先生身旁鑽過去。「甚至可以說非常好。怎麼會有人說女生數學都不好！真是亂亂說！簡直像『女生體育都不好』一樣胡說八道！我還能邊跑邊數數呢！要我示範給你們看嗎？」雖然這樣說，夏莎可一點也沒想要聽到回應。她的經驗是，等人回答有時反而聽到不想要的答案。所以她很快就跑進別墅。這座別墅裡面似乎由無數廊道、樓梯、扶手和門窗組成，廊道兩旁絨緞壁紙裝飾的牆面上還掛了幾幅畫，唯獨沒有人煙和書本。夏莎原本以為自己會看到排得滿滿的書本，而不是現在看到的空蕩蕩牆面，沒想到裡頭一本書也沒有。

「小朋友，停！別亂跑！」夏莎聽到有人在她背後這樣喊道。不過她假裝那些話是對剛才跑進別墅的其他人說的。

不知跑了多久，夏莎來到一個空曠的大廳。大廳裡古老的壁爐裡還點著火。此外還有一張深棕色的皮沙發和一張大理石桌，桌上擺放了一台筆記型電腦和三本書。

「三本書？」夏莎大聲喊道：「就只有三本嗎？其他書呢？在地下室嗎？」

正當夏莎又要繼續往前衝時，達西先生和卡爾已經進到這座大廳。

「我真抱歉，」卡爾說：「我沒想到她會有這樣的舉動。」他看起來確實充滿歉意。他少數留下來的忠實顧客，每個都讓他像生蛋一樣小心謹慎地捧在手上，如今他卻必須眼睜睜看著夏莎活生生把其中一個打破了。而且偏偏是這些顧客中最低調、最保護自己隱私的達西先生。夏莎怎麼就偏偏挑他下手！只是回頭又想：自己剛才怎麼不堅持住？怎麼就讓夏莎跑進來了呢？要怪還不是只能怪自己又老又蠢！他現在一定要把這個小孩帶回她家去，而且他要在那裡等到這孩子的父親回來，到時再鄭重地告訴孩子的父親，務必請他管好自己的小孩，別讓她再來騷擾他了。此時達西先生走近夏莎，卡爾不知道此刻盛怒的達西先生會做出些什麼事。

「妳不會找到其他書的，」沒想到達西先生竟突然用溫柔的語氣說：「屋裡只有這三本書。」

夏莎驚恐地往壁爐看去，說：「你不會把書都燒了吧？」

只見達西先生坐到沙發上，說道：「請到我這裡來。」

夏莎竟也毫不猶豫地走了過去。在她的世界裡，有錢人必定都是好人，不然他們不會那麼富有。不過，這種觀點應該會隨著人年紀漸長而有所改變吧！

「妳知道嗎？我熱愛書本，所以我不會燒它們的。雖然我也覺得，必要的時候，比如在嚴寒的冬天，有人快被凍死的時候，還是可以把書燒了取暖。至少這樣一來它們還可以挽救生命。書本可以用很多方式達到這個目的，它們可以溫暖人心，必要時還能溫暖我們的身體。」

「可是你的其他書本到哪裡去了呢？」夏莎問道。

「妳知道嗎？現在的人越來越不讀書了，卻不知道人的故事就在一本本書中。每本書裡面都像藏了一顆心臟，只要有人開始讀它，這顆心臟就會跳動起來，因為人們的心臟就會和書本裡的心臟產生連結。」達西先生的話語聽來有些哀傷。不知為何，達西先生說這番話時沒有注視著夏莎，反而看著壁爐中的火焰。其實他平時是個不多話的人，這次他能說這麼多話，完全是因為覺得自己像在自言自語一樣。如果真要說此刻的達西先生是在對誰說話，那說話的對象應該就是卡爾。這麼長時間以來，他積了很多話想跟卡爾說：「我是個不合時宜的人，不過我也情願自己是個不合時宜的人。在這個步調越來越快的世界裡，我是個行動緩慢的人。而我希望人們可以享受閱讀這件事。」達西先生邊說著，邊從那一小疊書中抽出一本書來，繼續說道：「所有我讀完的書都會直接進到古城圖書館裡，這樣在書本變黃之前，其他人也可以分享到閱讀的樂趣。」

「哎呀！變黃……」夏莎嘴裡重複了這個詞，說：「好噁心的詞呀！光聽起來就黏糊糊的。」

「是的，正是這樣！而且像傳染病一樣，只要有人碰觸到就會被傳染。書本變黃了就不會再有人想去摸它。就像得了痲瘋病的人一樣。我捐了一筆錢給古城圖書館，讓他們蓋一棟樓保護那些發黃的書本，好讓那些書本不會繼續老化。或者妳也可以說那是一座流放那些書本的據地。可惜的是，那些書本也不會因此變好了。」

夏莎想像一下那些老舊的書本擠在陰暗的圖書館裡的情形——她為此感到悲傷。但現在，她在這裡看到的景象，無論是空蕩蕩的別墅，還是那幾面蒼涼又冰冷的牆，都讓她高興不起來。

「可是，一定會有幾本書讓你特別喜歡的吧？如果是自己非常喜歡的書，應該就不會送出去，會留在自己身邊吧！像我的話，說什麼也不會把《天生一對》（*Das Doppelte Lottchen*）[13]送給別人！」

「自己喜歡的書、最讓自己留戀不已的書更要分享出去，這樣才能讓更多人也知道這些書的好。」

「你這樣說聽起來像是傳教的牧師。」

這句話惹得達西先生忍不住笑了出來。「有時候我也覺得自己像是個牧師。」接著他往卡爾的方向看去，說道：「您倒是帶來了個機靈的小書僮。」

「我也和您一樣意外呀！」

「歡迎您再次帶她過來。但現在，遠方國度的股市營業時間結束前，我還要工作一下。」達西先生一向喜歡老派的表達方式，而這種表達方式也為理性的金錢遊戲帶來一抹迷人的色彩。「這樣好了，下次妳再來，我帶妳看看我的花園，好嗎？妳和寇洛夫先生一起。我老早就想讓他看看我的花園了。」

卡爾並不是一個會輕易流下眼淚的人。他上次哭已經是十四歲時的事情了。當時他給一個女孩子寫了情書，緘封前還特意噴上了母親珍藏的香水。沒想到，女孩竟然在課間休息時，把情書公開念給閨密聽，之後甚至直接把情書丟進垃圾桶。這件事狠狠傷了他的心。如今卡爾已經不記得女孩的名字了，而他的淚腺也已經忘記，感到傷心時該如何讓眼淚流下來。所以此刻的卡爾只感到眼角一陣微微的搔癢。

13 德國作家、劇作家、兒童文學家耶里希・凱斯特納（Erich Kästner，1899～1974）的童書代表作之一。

達西先生領著卡爾和夏莎來到門口，與他們禮貌地道別。只剩下兩人時，卡爾看向正努力以單腳站定的夏莎。他注視著她好一會兒才開口說話。

「我知道你想跟我說什麼，」夏莎終於保持平衡站好了。「你想說，我不應該跑進別人家裡。而我確實不該那麼做。」

卡爾點點頭。

「然後你還想跟我說，那時候你真想拎起我的耳朵，把我帶到我父親跟前去。」夏莎舉起小指，做出威脅的動作，接著又說：「還會說，要我永遠、永遠、永遠不要再出現在你面前了！」

這次卡爾沒有點頭。

「可是現在，因為那家主人太好了，還邀請我們下次一起去逛花園，所以現在你那些話都說不出口了吧！事實證明，我跑進去竟然變成一件好事，雖然本來是錯的事。所以你現在不知道，該說什麼才好。因為你腦子裡現在有兩種聲音，你根本不知道該聽哪個才對。這樣好了，我來提建議：我可以和你一起來，但我也會乖乖的。而且，因為我已經從自己的錯誤中得到教訓，學到一些新東西，所以也該得到獎勵，對吧？」

「妳自己都想出這麼一套說法了。」

「穿過那道長廊時，我腦子裡就出現所有這些想法。」

「我必須走了，」卡爾搖搖頭繼續往前走，說道：「我背包裡還有書要送到訂書的人手上。」

「那我呢？」夏莎問：「我不知道怎麼從這裡回家呀！」

卡爾停下腳步，說：「妳經過那道長廊時，沒想到這點嗎？」

夏莎得意地點點頭，說：「是啊！就怕其他事想得不夠周全。」只見她天真地笑著，彷彿此刻她是這世上最可愛的女孩。

卡爾深吸一口氣，說：「好吧！但妳可以保證不會再因為好奇，隨便跑進別人家裡去嗎？」

「不會！我不會了！」

「妳保證喔？」

夏莎走向卡爾，遞出她的手。卡爾則接過來，牽著她的手。

「我保證，我會遵守約定。」每說一個音節夏莎就晃晃和卡爾牽在一起的手，像打勾勾許下承諾一樣。

接下來，兩人要拜訪的對象是一位住在老修道院，足不出戶的修女。在成立五百一十九年後，教廷決議解散這座本篤會修道院。但這位修女認定這裡就是她的家，不願意離開。

這位瑪莉．賀德嘉修女出生時，誰也沒想到她日後會隱居在修道院裡面。她的父親是分子生物學家，母親是天文物理學家。父母兩人都篤信科學，完全看不起無法訴諸數據，只能用文字傳達的東西。因此，上帝從來都不是能夠令他們信服的對象。

但他們的女兒早在幼稚園時，就一直強調自己不想當公主，也不要成為父母期待的天文生物學家。面對女兒從小想當修女的堅持，這對父母只是一笑置之，想著孩子長大後想法應該就會有所改變。而且兩人也不時提到，希望能有哪天抱上孫子的想法。不料，女兒的想法隨著年紀漸長一直沒有改變。對父母來說，這是一個無法理解的願望，像無法捉摸的雲朵一樣，沒有固定形狀，完全隨風成形。雖然這朵雲的樣子每次看都不一樣，但終究還是同一朵雲。這個女兒在高中畢業後，前往辛巴威為當地孤兒進行為期六個星期的慈善活動。那次剛好是本篤會主辦的慈善活動。活動期間，這位未來的賀德嘉修女感受到內心的平靜。她每天晚上研讀新約。並且不再像就學時期一樣，把這件事當作下次課堂前該預習的功課。

她完全自動自發地讀著聖經，而且，每次只讀到自己能吸收的篇幅為止。她也在那時認識了一個名叫耶穌的青年。耶穌為她指出了兩人可以共行的道路，引導她進入本篤會的修道院。她在那裡首次領受到人生中的歸屬感。那種感覺就像終於回家一樣，即使這個家實際上並不存在。賀德嘉修女從此再也不想離開這個特別的地方，因為進到這裡之前她從未感覺如此平心靜氣。

然而，地方總教區已經下達裁撤通知，並且切斷電源與暖氣的供應，甚至威脅要處以罰款。只是囿於一條年代久遠的教會法規，他們不得以暴力方式強迫修道院裡面的人遷出。不過，如果是她主動走出修道院一步，就可能再也回不去了。雖然賀德嘉修女不確定自己是否長期受到監視，但她無論如何都不想冒險。卡爾總是帶推理小說來給她。除了書之外，每次總還會順便捎上一磅麵粉和一包蠟燭以維持她的基本生活用度。兩人從未談過此事。其他鄰居也會偶爾給她帶來一點用品，同時希望上天不會介意他們的這番作為。

對於賀德嘉修女在修道院中庭親自打理了一座藥用植物園這件事，卡爾一無所知。他也無從得知，修道院裡有座泉水可以供應賀德嘉修女的飲水用度。因此卡爾當然也不知道，修女總是向他打聽氣象資訊，原來是因為這些資訊對她種的植物很重要。德國作家赫曼．赫塞的作品《知識與愛情》（*Narziß und*

Goldmund）中有一位虔誠的修士名叫納齊士，這個名字同時也是水仙的意思。於是，卡爾便也以同為石蒜科植物的孤挺花稱賀德嘉修女為孤挺花修女。

夏莎覺得可以見到修女是很有意思的事。她很想知道，修女是否只吃聖餐中的無酵餅？她也想知道，修女的頭巾下是否還有頭髮？若有的話，一般修女的頭髮有多長？還有，修女是否有專用的睡袍？至於是否全部的物品都要以聖水做清潔，她想就先不問了。不過，另一個問題她放在嘴裡可燙得不得了……

「聽說，妳身為修女就不能結婚，這是真的嗎？」夏莎終於忍不住問出口了。

「我已經結婚了。」

「哇！那天主知道這件事嗎？」

孤挺花修女笑了出來，說：「主就是我的新郎。」

「可是，這樣妳的新郎就住在好遠、好遠的地方呀！」

「怎麼會！天堂不就在我們的頭上嗎？」

「這樣說沒錯啦！可是妳又不能飛。」她一副想要看清自己和孤挺花修女的差距般。「不會吧！難道妳真的能飛起來？」

「哎呀！我倒還沒試過。」

「那妳就試試看吧！如果妳真的嫁給天主了，那祂肯定也希望妳待在祂身邊。」

「所有的修女都和主結婚了。」

夏莎把頭歪向一邊，說：「我以為一個人只能有一個老婆。」說完又馬上點點頭，好像突然理解了什麼，說道：「也對！祂是天主，所以祂當然可以不用遵守自己訂下的規矩。」

這下孤挺花修女真是被她說到不知道該如何回應了。一旁的卡爾只得迅速道別，這樣他就可以假裝沒注意到夏莎提出的問題。

接下來這本精心包裝的書是要帶去給浮士德博士的。浮士德博士自稱是退休教授，但他並未接受過更多學校教育的洗禮。其實，他絕對有足夠的聰明才智接受高等教育，只是他的父母沒有錢可以讓他念書。所以他最後繼承了父祖輩的職業，在鐵道公司擔任乘務員。每天他都要聽到乘客對於火車誤點、人員調度能力不足或是不夠親切有禮貌等各種無理取鬧的抱怨。他緊張兮兮的眼神總讓人覺得他好像隨時遭到跟蹤一樣。而且他很怕狗，尤其是貴賓犬。但同時他又希望生活上能有一條狗的忠實陪伴，而且那條狗還要夠聰慧、忠心又出色，得要能配得上像他這樣的有識之士才行。雖然他很聰明，但唯獨這點是讓他感到難解的思考矛盾。

對卡爾來說，要為他從文學作品中找個名稱代號簡直太容易了。浮士德博士讀許多史學論文，這樣他就能盡情給作者或作者任教的大學院校寫信，針對論文中的觀點提出反駁意見。他會跟卡爾提到這些事，不過聽來都是頗為斷章取義的論點。而他提出的論點也常像過於分歧的河道，經常說到最後浮士德博士自己只能搖頭把門關上。

長襪太太這次出了個看起來不是太衛生的用字錯誤：她把「地面樓層」講成「『（尿）滴』面樓層」。

在兩次送書過來給長襪太太期間，卡爾總是特別覺得自己與這世界融為一體。對此，他沒想太多，對於該走哪條路線也是。反正他的兩條腿自會把他帶到目的地。但今天卻不一樣。雖然夏莎幾乎沒有說話，但是她跟來了，而一切因此有所改變。

她到底為什麼在這裡？卡爾突然想起這個問題，於是就對夏莎拋出以下的疑問。

「妳怎麼不去和其他小朋友玩？現在的小朋友都不和小朋友玩了嗎？」

「才不是！小朋友會在一起玩的！」

「但是妳沒有啊？」

「我也和其他小朋友玩的！」

「可是現在沒有啊！」

「是沒有。才不要！」

「妳沒朋友嗎？」

「怎麼會沒有！」

卡爾之前已經從實習生那裡領教過這種簡短回答的方式了。就是惜字如金，一個字也不多說。他心想，這些年輕人大概都是這樣節省力氣好去做其他事的吧？

「那到底有誰？」

「像是亞力、萊拉、希萌納、安娜、艾法麗娜、提姆。啊！不對！艾法麗娜現在已經不是了。她現在很討厭，驕傲又淨做蠢事。下一本書可以讓我交給客人嗎？」

卡爾愛極這個把包好的書像禮物一樣送到顧客手上的瞬間。有那麼一點點、真的只有一點點（而且他絕不會承認），他覺得自己這時候像個聖誕老公公。

「不、不可以。」這是他的回答。

「拜託！一次就好！」

「沒辦法。」

「拜託、拜託、拜託、拜託、拜託！」

「或許下次吧！但絕不能是送書給艾菲小姐時。」這是他今天要送書的最後一位顧客。

「不！就要現在！然後我就不煩你了。我保證！」

「妳這是在勒索啊！」

「沒錯。但有用嗎？」

這時艾菲小姐家已經出現在他們眼前。卡爾搖頭說道：「不行！但是妳可以按門鈴。」

「那不一樣！」

「比起把書交給客人，妳按門鈴還可以發生好聽的聲音呢！」

卡爾說得沒錯，艾菲小姐家的門鈴是倫敦大笨鐘鐘響的旋律。

鈴響不久後，稍微還喘著氣的艾菲小姐就把門打開了。「寇洛夫先生，您好！」這時她也看到夏莎，說道：「您今天可把孫女也帶來了。」她邊說著邊對夏莎伸出手。

「不是孫女。您好，我叫夏莎，我只是來幫忙的。人人都該友愛老人嘛！」

卡爾確實每天都覺得自己年紀很大，但從來沒有像此刻般感到自己原來已經這麼老。那感覺就像夏莎在他胸前掛了一塊牌子，上面寫著：「無法自理。」

「我很喜歡小孩。」艾菲小姐說道。

「您也有自己的小孩嗎？」夏莎覺得這是個容易回答的問題，因為只需回答是或不是就夠了。但是對安德蕾雅．克瑞蒙來說，這個問題不僅無法三言兩語帶過，甚至給她一本書的篇幅也不夠說清楚，非得要一整座圖書館的份量才夠解答。

「還沒有。」不過她很快以總結式的答案作出回應。

卡爾解開背包，從中拿出今天要送的最後一本書。

「可以讓我把書交給客人嗎？」夏莎以一種帶著薰衣草蜂蜜的甜美聲音問道。

「您就讓孩子把這本書交給我吧！感覺這件事似乎對她意義重大。」

卡爾依舊猶豫著，因為這樣一來對他來說，整個送書行程就不算完整了結。而且，這將會是幾十年來頭一遭啊！一切都在改變，尤其對卡爾來說，一切的變化都太快了。他感到自己手上的肌肉正抗拒著這件事，他的一雙手在把書交到夏莎手上的半路上突然在空氣中靜止不動了。

最後還是夏莎自己把包好的書接過來，再以過於匆促而顯得不夠有儀式感的速度把書轉交到艾菲小姐手上。

「請您打開包裝吧！我每次收到禮物都會很快把它打開，因為我會很想知道裡面是什麼！」夏莎笑著說：「所以現在我也想看，您的包裹裡面裝的是什麼。」

包裝紙下的書是暢銷小說《闇影玫瑰》的續集，書名是《闇影玫瑰之女》（*Die Tochter der Schattenrose*）。依摺頁上的介紹，才華洋溢的年輕女園藝師受命運所迫，不得不在可怕的孤兒院中長大，如今又將面臨曲折的人生考驗……

「看起來未免是個悲傷的故事！」看到封面上的女人低著頭，要在風雨中走過沼澤時，夏莎說道。

艾菲小姐翻了幾頁，說：「是的。是個悲傷的故事，不過也很真實。不管怎麼說，我是很期待讀這本書的。」艾菲小姐注視著夏莎，又說：「妳還會繼續為我送書來嗎？」

「當然沒問題。」夏莎說：「只要他願意讓我跟。」

「所以您一定會讓她同行，對嗎？」

卡爾微微笑說：「再看看吧！」

艾菲小姐又看向夏莎，說道：「寇洛夫先生這句話的意思是答應了。」

卡爾的回答，真正的意思是不同意。艾菲小姐其實也猜到了，但她不希望是這個答案，所以她自作主張稍微轉換了說法。只要沒有明確說出口的，總有些詮釋空間可以加以利用。

三人相互道別後，接下來卡爾原本精準的行程表必須有些改變。因為現在他必須先帶夏莎回到大教堂廣場，她才有辦法找到回家的路，這同時也意味著卡爾不能直接回家。如此一來，他在自己住處的閱讀時間就會變少。他閱讀的頁數會相對減少，那麼要讀完一本書就需要更長的時間，打開下一本書的時間也會往後推延。在什麼都縝密安排好的生活中，即便突然出現一些小變化，也會像小塵粒跑進精密的齒輪間，難免帶來些許混亂。

「這位太太很親切。」夏莎一邊決定往後退一小步，一邊說：「可是總覺得她哪裡怪怪的。」

「我了解。」

「她翻書的時候有點奇怪。你也注意到了嗎？」

「妳是指什麼？」

「我也不清楚。下次我一定要仔細觀察。不知道為什麼，就是覺得她的舉動不太正常。」

「艾菲小姐是個很特別的人。」

夏莎這下正邊跳邊走，說道：「為什麼你總是用艾菲小姐、達西先生這些名字？我看門鈴上的名牌明明寫的是其他名字。」

「那是我為他們取的名字。是更適合他們的名字。喜愛閱讀的人，都配得上一個小說人物的名字。」

「那也有適合我的小說人物嗎？」

「妳讀很多書嗎？」

「應該夠多吧！」

「那妳自己會給自己取哪個名字呢？」

「嘿！是我先問的呀！」

卡爾想了一下，說：「妳才沒有！」

這下輪到夏莎笑著說：「好吧！你說對了。可是明天你要為我找到一個名字，好吧？好了，拜囉！送書人！」說完她就轉頭往前跑去。

卡爾決定給自己買瓶葡萄酒，他想用酒精稍微緩解緊繃的情緒。這時候葡萄酒的作用對他來說，就像老爺車需要潤滑油一樣。卡爾只喝法蘭克地區生產的希瓦娜白葡萄酒，不只是因為那股帶有香梨和榲桲的特殊氣味，也因為他喜歡指尖滑過大肚瓶身的觸感。而大肚瓶身幾乎是這個葡萄酒產區的獨有特色。

最後他決定一次買兩瓶酒，因為夏莎明天極有可能再度出現。

隔天，卡爾前往教堂景觀長青之家探視老老闆顧斯塔・古魯柏。養老院雖以教堂景觀為名，但實際上要從那裡看到教堂，必須先爬上斜坡式的屋頂，再從那裡往上跳高三公尺左右才看得到。卡爾一向選在早午兩餐之間前來看望顧斯塔。不去干擾到顧斯塔的用餐時間是很重要的原則。因為在養老院裡面的時間不是以鐘點計算，而是以用餐時間來算。一天之中還會供應咖啡和糕點，之後還有晚餐和睡前的消夜小食。

顧斯塔以前有一頭麥金色鬈髮，但現在他的髮色是同色系的不同顏色。現在頭上稀疏的髮量也總像在嘲笑他眉上的最後幾根毛髮和灰白色的鬍碴。現在的顧斯塔看起來就像是卸妝好一陣子的小丑，幸好他笑起來或思考時臉上露出的皺紋間，隱約可見昔日的幽默和聰智。他眼神中的一絲調皮或許已經因為太累，跳不動了，笑聲也不再響亮，但仍留有些許大智若愚的氣息。

顧斯塔躺在床上，手裡拿著一本書封被他取下的書。因為重量的關係，顧斯塔現在雖然已經舉不起硬殼的精裝書，但他依舊無法忍受平裝書。因為他認為除了精裝本的硬殼書皮外，再也沒什麼其他材質的封面可以保護好那些珍貴的文字。而現在，在這個他感到自己如此無力的情況下，就好像時間和死亡隨時可以從各個角落啃噬他的時候，他希望至少還能保護這些和他度過一小段時光的文字周全。

卡爾踏進房時，顧斯塔把手上的書推進被子底下。

「你看起來氣色不錯啊！」卡爾說。

「你以前說謊的功力可能還好一點！我怎麼可能還看起來不錯！如果我是一棟房子，拆房子的挖土機應該早就進駐我體內了吧！」

卡爾指了指被子，說：「顧斯塔，你每次都這樣啊！」

「什麼？看起來不好嗎？裡面可是我練習了幾十年的功夫啊！」

「我指你藏書這件事。」

「我這麼做都是有原因的，不是嗎？」

「難道你還認為，看到你這年紀在看黃色書刊，我會介意嗎？」

顧斯塔大笑，結果因此引來一陣咳嗽。自從知道會有這種情況發生後，顧斯塔就避免閱讀、聽或看有趣到會惹他大笑的事物。比如只要一看到報紙上的笑話專欄，他就會馬上翻過去。咳嗽的情況確實也因此減緩許多。

可是他的肺卻需要歡笑，因為笑有助改善血液循環，而他的心臟正需要這帖改善血液循環的良方。

「我太老了，」顧斯塔喘了一口氣後說道：「已經無法理解書本裡寫的內容了。我已經老到什麼情色描寫讀起來都像看古希臘文了，雖然每個字都認識，但幾個字在一起就不解其意啦！」

「你為什麼老是要把書藏起來？」卡爾在顧斯塔床邊的一張椅子上坐下，然後握了握顧斯塔的手。

「你真的想知道我在讀什麼嗎？」

「當然。」

「你知道後肯定會笑我！」

「不會，我保證。」

顧斯塔拿出藏起來的書，遞給卡爾——原來是蘇格蘭作家史蒂文生（Robert L. Stevenson）的《金銀島》。卡爾的手輕輕撫過精裝本美麗的布質封面。

「我在讀年輕時看過的書。最近讀了一些探險小說，其中有許多是卡爾·邁（Karl May）的作品。雖然現在的我發現，有很多故事寫得並不像記憶中那麼好，但是讀著它們就讓我感到安心。」

「結果你竟然為此感到羞愧？真是個老蠢傢伙！」

「這裡的照護人員可都叫我教授呢！就因為我是賣書人……喔！曾經是……」說到這裡顧斯塔停了一下，又說：「他們把我當作知識分子，我耶！你能想像嗎？」

「你確實是啊！」

「大量閱讀不會讓人變成知識分子，就像吃很多也不會讓人變成美食家一樣。我只是單純為了讓自己開心而讀，就是喜愛好故事而已，並不是為了認識這個世界。」

「但也無法否認，就算在你這樣陳舊的腦袋瓜裡，讀過的內容總還是有些什麼留了下來。」

顧斯塔用食指輕敲了《金銀島》，說：「這本書是以前我父母送我的，你知道的，他們也是賣書人。」

「是啊！古魯柏王朝。」

「沒錯！有些家庭用食物表現出對家人的愛，可能是在麵包上塗抹一層特別厚的奶油，或是在麵包中間加量夾上兩片火腿。也有些家庭給家人更多擁抱，以對抗世界的冷漠。而在我家，向來以書本展現對彼此的關愛。因此送的書不一定就是收到書的人喜歡讀的書。剛開始上學時，我只能艱難地讀懂一個完整句子。那時的我笨拙地念出每個字母，再生澀地把它們堆砌在一起。」顧斯塔笑到咳了出來。不久又接著說：「那時我父親竟然還送過我托瑪斯．曼（Thomas Manns）寫的《布登勃洛克家族》（*Buddenbrooks*）。連著幾百頁都是很長句子！真是太棒了！每個句子都像是用黃金鎖鏈精巧鍛造而成，只是：都長到令我感到害怕。在那之後一年，又送我列夫．托爾斯泰（Lew Tolstoi）的《戰爭與和平》。讀過托爾斯泰的大作後，在我十歲時，一點也不想讓我浪費時間似地，我母親又送我普魯斯特的《追憶似水年華》（*Auf der Suche nach der verlorenen Zeit*）。對我父母來說，書本不分適合兒童或成年人，只有好壞之別，而他們認為，他們只是為我挑了最好的書給我。那種心態就像送人鑽石首飾，因為覺得那是可以讓人持有一輩子的東西一樣。」說到這裡，顧斯塔做了個鬼臉，說道：「哎呀！我是不是又長篇大論了呀？」

「沒關係！這樣的你，我都認識一輩子了，我也不希望你變成其他模樣。」

「你說謊！」顧斯塔做勢打了一下卡爾的上臂，不過那力氣微弱到頂多只像一陣風拂過：「那你可要繼續保持呵！」

「話說，最近我在讀一本書時不斷想到你。」

「難道那本書寫的是一個明明年紀很大，卻又老不修地到處招惹女人的人嗎？」顧斯塔迷離的眼神中露出調皮的眼神。

「那本書是寫一個年老的賣書人走訪他在書中讀過的每個地方。」

在床上的顧斯塔這時端坐起來，這個動作看起來對他來說並不容易。然後他指著自己憔悴的身體，說道：「我看起來像要遠行的樣子嗎？喔！是啦！光是從這裡走到廁所就夠我受的了。」說完，他給了卡爾一個溫暖又充滿理解的微笑，接著說道：「你每時每刻都是賣書人，不是嗎？你從來不問我身體怎樣，只是不斷勸我看書。」

「我可是跟你學的，」卡爾邊說著，邊把《金銀島》遞回去給顧斯塔：「或許史蒂文生的小說會是讓我們新來的實習生終於願意拿起書來讀的好主意。」

「莎碧娜跟我提過他，名字叫雷昂，是吧？」

「如果是你的話，應該早就找到適合他的書了，在這種時刻特別容易讓人感覺到書店需要你。」

顧斯塔撇手說道：「總有一天，莎碧娜會做得比我以前還好。」

坐在椅上的卡爾突然感到一陣不適，讓他必須扭動身子找到合適的坐姿。只是不管怎麼動都覺得不舒服。

「你不喜歡這個話題嗎？你這老傢伙！」顧斯塔露出意會的笑容，說道：「我知道，你不信我說的，但莎碧娜是真的很喜歡你，即使她表現出來可能不是那樣。」

「我也喜歡她。畢竟，她是你女兒。」

「還是你的老闆！」

「是啊！再怎麼說，就是工作上也要聽她指揮。」

「無論如何，請你理解，她只是想要在各方面有新作為、想做得更好而已。這是年輕人的特權。」顧斯塔把被子拍平後，又說：「而且她必須有所堅持，尤其在其他人面前。做為老闆，是不容許輕易被人看出弱點的。」顧斯塔此時微微前傾了身子，壓低音量，使得聲音聽來只有輕柔的氣音：「她跟我保證，只要你願意，她會讓你繼續送書。」

「那就謝謝了。」卡爾沒有抬頭看顧斯塔，因為他不希望顧斯塔看出送書這件事對他來說有多重要——雖然，顧斯塔應該早就知道了。

「她其實一直有點嫉妒你，」顧斯塔繼續說道：「因為你天生就是賣書人，但她不是。」卡爾沒說的是，顧斯塔誤解了，其實他的女兒一直認為自己導入的現代管理方式把書店經營得比他更好。

而且她一直認為，自己的父親對卡爾太過感情用事。

除了卡爾的能力，莎碧娜也嫉妒他從父親那裡得到的關愛。

「人們信任你，」顧斯塔說：「這點對賣書人來說很重要。當你向客人推薦一本書的時候，客人希望的不只是書本正合他們的口味，他們更想要有人為他們的選擇掛保證。如果之後讀了不喜歡，那也是他們自己的選擇，從來不會是你的問題。」說完，顧斯塔對卡爾眨了眨眼。

「其實我是來為你打氣的，怎麼現在換你在鼓勵我？」卡爾說。

「既然提振人心這件事我更在行，就由我來做啊！」

卡爾想到，該是時候來玩個問答遊戲。過去兩人總是樂此不疲，只是每次都會變換主題。「好吧！說出五本激勵人心的書。」

顧斯塔一本本說出書名，然後換卡爾說出他的書單。他們又分別說出每本書的優缺點和各書的作家。接著兩人又聊起內容中有人住在養老院的最佳書籍。相較於前一個主題，這個議題顯然是比較困難，不過兩人還是做到了。卡爾提到，即使每週只有幾個小時，顧斯塔也應該再回書店看看。惹得顧斯塔大笑到喘不過氣來。

「你明知道，我不會回去了。」顧斯塔說。

「別說這種話。」

「我們都老古董啦！我們的時代已經過去了。如果我們繼續運轉時，我們只是自己還察覺不到，但事實上早就沒有汰換零件了。」

「你說這話聽起來就像某張明信片上印的警世名言。」

「至少不是最糟的，那種明信片好歹賣得不錯！」才說完，顧斯塔大聲喘起來，過一會兒才說：「我得睡一下了。睡眠有助養顏美容啊！」顧斯塔猶豫了一下。他的臉上像是印上了慘白的顏色，現出疼痛的神色。顧斯塔深吸了一口氣，用顫抖的聲音說道：「你下個禮拜還會來吧？」

「當然了。」

「聽到你這麼說，真是太好了。」

「你知道的，之後還有好幾年，我都會常來你這裡走動的。」

顧斯塔滿意地點點頭，然後轉過頭去。

「保重啊！我的老闆！」卡爾說著，輕撫了顧斯塔削瘦的上臂做為道別。

「你也保重，我的徒弟！」

Chapter 3 紅與黑 14

那篇特別裱框起來關於卡爾的剪報，原本掛在城門書屋的牆上，現在不見了。壁紙上一方褪色的痕跡，正是它曾經存在的證明。莎碧娜看到人進來沒有打招呼，反倒是說：「卡爾，最近需要你送書的訂單越來越少了。」說完還加上一聲嘆息。

「我去送書不會花很多時間。」

「但那整個後勤準備工作啊！寇洛夫先生！」說這話時，莎碧娜挑得高高的眉毛都快碰到髮際線：「花費那麼多時間才賣出那麼幾本書！如今我們的運作機制完全不同啦！」

「每個收到書的人都很開心。」說到這裡時，卡爾腦海中浮現每個顧客感激的臉龐，讓他不知不覺也跟著微笑起來。

「那些人如果願意走幾步到店裡來，會有更多開心事。動一動有益健康，呼吸新鮮空氣也是！您不同意嗎？所以我們未來不再主動提供這項特殊服務了，也不會主動告知顧客有這項服務。寇洛夫先生，就這點上，我們做法維持一致，應該沒問題吧？」

打從莎碧娜出生起，卡爾就認識她。她小時候常坐在卡爾腿上，聽卡爾為她讀過一本又一本的書。卡爾也常和她玩騎馬遊戲，經常逗得她呵呵笑。她叫他卡爾叔叔。莎碧娜也是極少數讓卡爾喜歡的小孩子。但是她接手書店的經營業務後，請卡爾到辦公室談話，告訴他今後兩人間要使用敬語。還說，理當如此。

但卡爾完全不這麼認為。

「您是老闆，依您吩咐就是。」卡爾邊說著，邊走進辦公室準備包書。書店裡的其他員工用帶著鼓勵又充滿同情的眼神看著他。剛好今天在場的員工，新人時期都是卡爾帶的，但現在卻沒有人敢走過來跟他說幾句話。所有人都保持沉默，靜靜地在一旁觀望。

宏比的《足球熱》還擺在桌上，而雷昂也仍舊一副懵懂無知的樣子蹲踞在地板上。

卡爾靜默地包裝書本。今天要送的書裡面也有一本要送到海克力士手上，那意味著要走比較遠的路。

14 取自法國小說家斯湯達爾的同名寫實主義小說。

靠近大教堂廣場時，卡爾刻意放慢腳步，左顧右盼地用視線搜尋某個蹦蹦跳跳、隨時可能跳出來擋住他去路的深髮色女孩。今天他不想與人同行，尤其是不希望與一個會亂問問題的人同行。不過也可能更糟的是：其實這小女孩的問題都問到點上了。

這些想法讓他不情願地走另一條路線穿過大教堂廣場，那裡要穿過有遮蔭的拱廊，不僅緊鄰商店，還要經過許多人們吃吃喝喝的桌椅。但這裡是夏莎最不可能看到他的地方了。卡爾甚至想過摘下帽子，不過又馬上斷了這樣荒謬的念頭。

再走幾步路，他就要轉進貝多芬街了。

「平時你不走進這裡的呀！」卡爾身邊突然冒出一個爽朗的聲音說道：「我都差點看不到你了！」

卡爾看著夏莎，停下腳步。其實他是嚇到了，以致於不得不停下腳步。

「好看嗎？」夏莎自顧自地轉起圈來，說：「今天難得穿不是紅黃藍這幾個顏色的衣服，雖然那是我最喜歡的幾個顏色。」

夏莎身上穿著橄欖綠的牛仔褲、青蛙綠的T恤，外面又套上淺綠色的雨衣，身上還背著背包。夏莎現在看起來有點像卡爾，而且她還為了這身裝扮特意向兩個朋友借了幾樣物品。卡爾原本心裡想著，要跟夏莎說今天不讓她跟的事，一看到她的裝扮又說不出口了。

「妳這年紀的女孩子不是都喜歡穿粉紅色的衣服嗎？」卡爾問道。

「我已經快十歲了！」

「喔！抱歉！」

「我喜歡有圓圈圈的衣服，什麼菱格、四方或是任何有稜有角的形狀我都不喜歡。」

「可是妳現在這一身都沒有圓圈圈啊！」

夏莎稍稍把褲管拉高，露出底下有圓點的襪子。「這就是我的標誌了。那你穿什麼襪子？讓我看看。」

「我的襪子沒有圓點。」卡爾一點也不想給人看自己穿什麼襪子。

「我早猜到啦！你看起來也不像會穿有圓點衣服的人。」

「會穿著圓點的人看起來又是什麼樣子？」

「就是不會像你。相信我，我和圓點可熟了。那我們現在可以出發了嗎？我有件事要做！」

卡爾沒有移動腳步，而是說：「妳想做什麼？我一定要先知道。難道妳又要隨便跑進別人家裡了嗎？」

「不是，反正不是什麼壞事。我答應你！我保證！可是我要之後才能跟你說。」

「可是……」

「這件事我可是只為你做！喔！好吧！也不是只為你。只是，特別為你，」夏莎盯著卡爾看，說道：「其實不只一件事，我有兩件事想做呢！第二件事我現在就可以告訴你，而且還必須現在就跟你說。」

「洗耳恭聽。」其實，「擔心」兩個字才是更貼切的用詞，不過即使在如此稍感焦慮的時刻，卡爾也希望還能維持禮貌。

「是昨晚我躺在床上的時候想到的。每到入睡前，除了天花板上的夜光小星星之外，一切都暗下來時，我都會想很多。」她舉起食指比劃著，說道：「昨晚我想到的是：你無法從書中的角色找到適合我的名字，因為你還不夠認識我。所以今天我要跟你說很多、很多關於我自己的事。最好是能全部告訴你。」

接著夏莎如實說出自己的計畫。夏莎講到自己的出生，講到自己只讓媽媽痛了兩個小時就來到這個世界上，而且剛出生就有頭髮。接著講到幼稚園那段時間，提到自己在海豹班，自己在教室裡的衣服掛鉤是飛機形狀的。然後講到進入小學就讀，被分配到最好的A班，可惜導師施爾德小姐卻不是最好的老師。講到她不是班上最討人喜歡的孩子，反倒完全相反。不只在運動表現上，她總是最後一個才被叫上場的女孩，分組作業時，也沒有人想和她在同一組。下課時，其他班上同學在一起玩老鷹捉小雞的遊戲，或是在攀爬架上追逐嬉鬧時，她也總是孤單一人坐在工友休息室前的地板上。說到這裡，夏莎連忙強調，也不單只在工友休息室前的地板上，而是在任何可以讓她看書的地方。因為太愛看書了，其他孩子都笑她是書呆子。同學甚至用彩色筆在她的椅子上畫了一隻蟲，還是一隻正要去上廁所的蟲。同學裡面有個名叫西蒙的也經常拿她開玩笑。西蒙長得就像《哈利波特》裡面的榮恩，只對電腦遊戲有興趣，覺得所有女生都很蠢。不過夏莎倒不覺得他真的壞，即使她自己也不清楚為什麼會有這種感覺，當然也就不知道該如何面對這種奇怪的感受。

這時兩人已經來到一棟看來很帥氣的公寓樓前，今天要送的第一本書的主人海克力士就住在裡面。

「等一下！」卡爾快要按下名牌上寫著麥克・特羅非的門鈴時，夏莎搶先說。只見她費力地從自己的背包裡面取出一本尺寸頗大的筆記本，封面上有獨角獸和彩虹的圖案，側邊還用一個金色的密碼鎖鎖起來。卡爾知道，書本可以拯救世界，卻不知道原來這句話也適用於筆記本。這些筆記本可以拯救的世界應該很小吧！但對那些活在筆記本中的角色來說，它們確實唯一有價值的存在。

「這次妳不必衝進別人家裡，」卡爾警告道：「反正他會請我們進去喝杯茶再走。」

「我都答應你了，我不會隨便跑進別人家裡的！只有在達西先生那裡會。這樣就好了！」

「妳每次說完後，都非要再加上最後的句子不可嗎？」

「那你說，我說得對不對？」

屋子的大門就在此時打開，一個肌肉發達的男人在二樓自家公寓門前等候來人。這個男人身穿一件黑色T恤，T恤底下透出壯碩的肌肉。

「寇洛夫先生，快進門來！我馬上為您準備伯爵紅茶。」

夏莎抬頭看向卡爾，低聲說道：「你喜歡這種怪味道的茶嗎？」

「不喜歡，可是跟他說實話就太不禮貌了。」

「但你不說，就要一直喝你不喜歡的茶。」

「他的好客熱情足以彌補這件事。」

海克力士握了握卡爾的手，接著將手伸到夏莎面前。當他的大手握住夏莎的手時，夏莎感到有些害怕。幸好海克力士只是輕輕一握就放手了：「妳好，我叫麥克，那妳呢？」

「我是夏莎。」

「妳也喜歡伯爵紅茶嗎？」

「不喜歡，我『也』不喜歡。」

這時海克力士已經往廚房的方向移動，同時嘴上說著：「不然，來杯水？還是牛奶？」

「我都可以。」夏莎回答並訝異地環顧四周。她從來沒看過像這樣一個住處。刷白的牆面上掛著幾篇用銀色框裱起來的經典美文。除了印刷字體外，還有一些寫得龍飛鳳舞而難以辨識的手寫字。那些手寫字有的堆成心形，有的則排列成教堂的輪廓。

廚房裡面也是以白色和銀色為主色調。整個廚房看起來整齊又乾淨，不免讓人以為是剛安裝好的廚房。夏莎表示想借用廁所，詢問如何走去，海克力士親切地說明到廁所的路線。

夏莎回到客廳時，桌上已經為她備好了一杯冷開水。卡爾手上端著熱氣騰騰的茶，海克力士自己則是什麼都沒喝。

「在我開始喝茶前，還是先把書拿出來吧！」卡爾才說著，已經把書從軍用背包裡面取出來。

海克力士打開包裝時謹慎的模樣是夏莎在其他客人那裡沒看過的。只見海克力士以一種虔誠到近乎帶著祝禱的心情撫摸著書本。夏莎很快在自己的筆記本寫下一些記錄。

「這本剛好是你想要的稀有版本。」卡爾說。這本書是卡爾在舊書商那裡找到的，而且他一直不明白，為什麼海克力士要訂購這麼昂貴的珍稀版本。

夏莎伸長脖子看了看，然後緩緩讀出書名：「《少年維特的煩惱》？這是……？」

「不是。」不等夏莎說完，卡爾答道。

「你都還不知道我要問什麼！」

「相信我，我當然知道。而且我已經聽過這個問題太多次，覺得很無趣了。」

「在這裡，我的無趣意思是非常糟！」說完，卡爾做了個大大的鬼臉。

「好吧！我們自己知道就好。」

海克力士將小說遞回去給卡爾，說道：「跟我說說書裡面的故事吧！寇洛夫先生。」

「我可不想事先透露太多細節。」

「沒關係的，大可從頭講到尾，我真的很想知道全部的內容。」

這樣的對話，每次卡爾送書來都會發生。這是兩人間的小小對話遊戲，像是跳舞，形式上又和卡爾一般會在木地板上跳的舞很不一樣。每次卡爾總要稍微假意推辭一番，在他心底，終究還是希望海克力士隨時可以改變主意。只是到最後，海克力士總想知道全部內容。

「這是一本書信體小說。主角是法院實習生維特。講的是年輕的維特愛上一個名叫夏綠蒂的女孩子的故事。不幸的是，這個女孩子已經和另一個男人有婚約了。」

「維特怎麼會愛上她呢？」海克力士提出問題時，他額頭上都擠出皺紋了。

「就在夏綠蒂為自己的弟弟和妹妹切麵包時，維特看到那一幕就一眼愛上了。夏綠蒂散發出的母性光輝完全感動了他，而且，她也確實長得很漂亮。」

「母性光輝……」海克力士喃喃重複道：「那麼維特是怎樣的一個人呢？我是說，為人方面。」

「一個熱情洋溢的年輕人。而這部小說也被視為『狂飆時期』（Sturm und Drang）的知名作品。」

「那夏綠蒂的未婚夫又是怎樣的人？」

「她的未婚夫艾伯特是個保守又堅持傳統的人。」

「那就是個無聊的人囉！」海克力士點點頭，又說道：「故事到後來呢？維特最後得到夏綠蒂了嗎？」

卡爾搖了搖頭，想起自己第一次讀這本小說時內心受到的衝擊，那種心痛的感覺至今一直留存在他內心。「可惜沒有。當維特要親吻夏綠蒂時，夏綠蒂逃到另一個房間去。於是維特決定了結自己的生命，以保全夏綠蒂的清白。最後維特在平安夜前夕的午夜往自己頭上開了一槍，隔天因傷勢過重而死。」

這時海克力士鼓起掌來，「哇！要瘋了！這結局！他到底用的是什麼武器啊？」

「你是說他自殺的……？」

「對。」

「哎呀！這我就不清楚了。我只知道是一把他從艾伯特那裡借到的槍。」

「誇張！」

「還有更誇張的：因為維特是自殺身亡的，所以他身後不能舉行教會葬禮。可以說是得到最大的懲罰了。」

「真可怕！」

「您肯定會喜歡這本書的。」

海克力士扭動脖子，一時間脖子的骨頭喀啦作響。「一定的！我最喜歡讀書了。而且，依你說的，這本書很重要，一定要讀。那麼下次就請你幫我帶本諾貝爾獎得主的作品吧！」

卡爾看了看手錶。雖然是只已經停止轉動超過二十年的錶，但擱在手腕上的感覺很舒適。「我必須繼續送書了，還有其他人等著他們的書呢！」卡爾將《少年維特的煩惱》遞回去給海克力士。

「噢！是的。謝謝你總是給我這麼多時間。」

「樂意之至。我是誠心這麼說的。能看到有人這麼喜愛古典文學，我感到很開心。」

這時，夏莎覺得自己看到海克力士感到有點不好意思又很感動地笑著。另一方面，她這麼感覺，大概也是因為她還不習慣在一個肌肉發達的人臉上看到笑容吧！但也許，這其實就是他們一直以來的樣子。

夏莎在海克力士家門前又做了些筆記後，才開口跟卡爾說話。

不過這次她沒得逞，因為第一次卡爾走得比她快。「妳不必告訴我這裡有些奇怪。」說這話時，卡爾的眼光搜尋著狗兒，但怎麼也找不到。「我自己知道，只是不確定到底是哪裡奇怪。」

「他只有紅色封面的書。」夏莎回道。

「什麼意思？」卡爾以自己的節奏一步一步繼續往前走。

「我說要去廁所時，偷偷看了一下他的客廳。好吧！我是不該這麼做啦！」

夏莎驕傲地抬起下巴說著。

「妳可真狡猾！」

「那時我看了他架上的書。全部都是紅色的……把兩個封面連起來的側邊叫什麼？不是翻書的那個側邊喔！」

「書脊。」

「對！全部都是紅色的耶！」

「真是特別。雖然我也有另一位女客人會排斥特定顏色的書。」

「整間客廳只有三個顏色：黑、白、紅！只有箱子上的標示貼有不同的顏色。還有一些光碟片也是。下次我一定要再看仔細一點。」

「現在能跟我說，妳在那本筆記本裡面都寫些什麼嗎？」

「關於你顧客的事情，我全部都記在裡面了。」夏莎說著，一面遲疑地翻開筆記本。「這本我從二年級就開始用了，不過到現在還有許多空白頁。」看來確實有不少空白頁，但也有些頁面似乎寫過什麼，後來被她撕掉的。「這上面本來是用來貼相片的，」夏莎解釋道：「可是我又不能向你的客人要照片，所以我隨身帶了可以把他們畫下來的彩色鉛筆。雖然我畫得不好啦！」

卡爾看了一眼筆記本。「最喜歡的顏色？最喜歡的音樂團體？最喜歡的老師？」

「哎呀！我會記下不同的內容，」夏莎說明道：「我會記下幾本有代表性的書，還有那些書的外觀。我還要記下那些客戶住在哪裡，還有他們住的地方有什麼味道……這類的內容。」

「妳要怎麼找出這些資訊呢？妳該不會是想審問別人吧？」

「審問是什麼意思？」

卡爾想了想，說：「當妳連續問某人很多問題，那就是了。」

「可是如果有人問問題，那不也表示問的人對這個人有興趣，才會想知道關於他的事嗎？這樣很好啊！像我問問題時，我是出於善意啊！」夏莎邊說著，邊把筆記本放進自己的小背包裡面。

「但也要是對方同意妳問問題的時候啊！這樣才是對話。」

夏莎還是沒理解卡爾說的。因為她以為，問的人得到答案，這樣就算對話了。

突然間，狗兒豎起尾巴來回穿梭在夏莎的兩腳間，又不時磨蹭著夏莎的腿。看起來就像很久以前的人會在華麗寬敞的舞廳中跳的舞一樣。

這是夏莎第一次看到卡爾拿東西給這隻貓吃。那是一小塊已經剝掉腸衣的火腿腸，卡爾還將這些火腿腸包在一張平時用來包三明治的防油紙裡面。

「你明明就很聰明，但餵牠吃火腿腸就有點蠢了。」

卡爾訝異地看著夏莎，「怎麼說？妳看！牠都開心成什麼樣子了！」

「因為你餵牠吃火腿腸，你就沒辦法知道，牠到底是因為你這個人，還是因為火腿腸才出現的呀！」

「也有可能這兩個原因同時成立啊！」

「所以你還是不知道啊！如果是我的話，我會感到很困擾的。我可不想有隻寵物接近我只是為了有東西吃。」

「狗兒不是寵物。要說的話，牠是流浪動物、是個自由慣了的靈魂。所以牠來，也是因為牠想來。至於原因我完全不想知道。有些事還是維持秘密比較好。」

夏莎搖搖頭，說道：「我會想知道啊！」

「可是狗兒喜歡這樣，就讓牠保留牠的小秘密吧！」

夏莎彎下身子輕撫著狗兒。小貓也順勢把頭靠過來，還伸了懶腰，這讓夏莎感到開心，因為這時小貓親暱的表現並不是因為火腿腸，而是完全因為夏莎的撫摸讓牠覺得舒服。

長襪太太心情愉悅地打了招呼：「『便便火氣街頭幫』，『光影』大駕『關嶺』！」接著摀住嘴巴，以免自己笑得太大聲。「寇洛夫先生，您肯定想不到。就算想到也只能是很表面吧！」今天長襪太太穿了成對的鞋，但襪子仍舊配不成對。

卡爾撓了撓太陽穴，感受到長襪太太、夏莎，甚至是狗兒投來的疑惑眼光。卡爾年少時，曾經努力把《邁爾百科辭典》（*Meyers Konversations-Lexikon*）從頭讀到尾。這樣做的結果，讓他腦袋裡的神經通路在成長過程中得到良好的訓練，如今才能發揮活字典的功效。

「『便便火氣街頭幫』指的是在墨西哥特別激烈的一種結夥犯罪行為。這是因為經常食用辛辣的當地菜餚導致嚴重的消化問題，最終導致腸胃積食無法排空，火氣就變大了。在墨西哥，為此所苦的人往往跑上街去，聯合其他同病相憐的人一起找蔬菜攤商出氣，尤其是那些有賣豆類蔬菜的攤商。這類集體性的肢體活動常可以為消化系統帶來良好的舒緩效果，於是『便便火氣街頭幫』就固定成為墨西哥文化的一部分。時到今日也被視為當地特有的民情風俗了，不僅出現在許多歌謠裡，很多書中也有生動的描寫。」

長襪太太這時配合大大的手勢，擺了個謝幕的鞠躬姿勢。「您今天還真是有點異國風情啊！」

「長襪太……」話還沒說完，夏莎即時閉上嘴巴。

「妳好啊！我是朵樂蒂亞·希勒斯海。就叫我蒂亞吧！大家都這樣叫我。」

夏莎打開她的筆記本，手上拿著帶橡皮擦帽頭的HB鉛筆，隨時準備開始做筆記，說道：「為什麼您會用錯字呢？」

「什麼意思呢？」

「大部分人可能不會察覺，但我可不那麼容易被矇騙。為什麼您……？」

「妳很聰明，知道嗎？」

夏莎臉上掠過一抹得意的笑容。「我當然知道，只是有時候太聰明也不見得是好事。」

「妳是說，如果有人察覺到的話？」

「您又轉移話題了，對嗎？」

「妳還真比我想的還要聰明啊！」長襪太太彎下腰，靠在夏莎耳邊說話。不過，她說得很大聲，卡爾每個字句都聽得非常清楚。

「我一輩子都是國小老師。雖然我現在沒有繼續教書了，但始終是老師。就是無法放下那份使命感。」說完，長襪太太又站直身子。

「像是這個職業牢牢深根在妳體內一樣嗎？」

「哎呀！這種說法怎麼聽起來令人感覺有點不是很舒服。」長襪太太說完，做了一下鬼臉，又接著說：「應該說，那種感覺像是套上貴重的戒指，卡在指節上拿不下來。雖然有時候會感覺到手上戴著戒指，但大部分時候是察覺不到的。但如果是其他人就感覺得到了。」

此刻夏莎不由自主地看了看眼前這位老太太布滿皺紋的手指，看到那些手指上戴了不少戒指。想著眼前的老太太應該教過許多不同的科目。

在卡爾把書本交到客戶手上的時候，夏莎做了筆記。當兩人重新走回路上時，她才開始說話。這次夏莎講得很小聲，一副生怕長襪太太在關上的門後還能聽到的樣子。

「我剛說謊了。其實我一點也不聰明。」

「誰說的？妳一定很聰明。所有人都會犯錯，所以沒有誰比誰笨的問題。也因此，人一開始都是很聰明的。」

「可是我犯的錯太多了。我大概是因為這樣才被留級的吧！」

「那妳就要更用功才對。」

「我也知道。但就是覺得很多東西讀了也進不去我的腦袋裡。」夏莎邊說著，邊舉起拳頭敲自己的額頭，直到卡爾牢牢捉住她的小手。

「我有一個很簡單的方法。」

「告訴我吧？」

「妳要讀更多書。閱讀可以讓妳的腦子保持靈活，這樣什麼都裝得下了。」

夏莎仔細想了想卡爾說的話，但無論從哪個角度想，都想不出道理來。不僅如此，其實卡爾和他顧客的許多事情都讓人摸不著頭緒。但夏莎就是喜歡這樣。電視上播給和她同齡孩子看的節目，每個都能說出大道理，卻讓她感到極度無聊。那些節目的內容讓她覺得，整個世界完全沒有秘密，也沒有什麼需要隨著成長的腳步去探索的答案。

兩人步行又拐了一個彎之後，就看到大教堂了。從這個角度看到的大教堂顯得特別雄偉壯觀。大教堂的雕花玻璃又大又圓，上面用各種顏色繪製了十二使徒的形像，還有高指天際的塔樓。

卡爾在胸前劃了十字架。他為此特意背對著夏莎，好讓他看不見自己的手勢。

「你為什麼要那樣做？」夏莎問。顯然她還是看到了。

卡爾嘆了口氣，說道：「看到大教堂的大門出現在我面前時，我就會在胸前劃十字架。」

「因為天主嗎？」

「不是，這麼做不是因為我是虔誠的教友。虔誠這件事，我想，就讓那些做得比我更好的人來就夠了。這是我對世界最淵博的書致敬的方式。這部書曾經引起戰爭，也帶來寬恕。裡面提到了最大的不公義，也道出深厚的愛。只要是像我這樣相信文字有力量的人，都會非常、非常尊崇這部偉大的著作到要脫帽致敬的地步。這正是我剛才做的事，只是我以我的方式表達而已。」卡爾輕扣了自己的帽子，說道：「至於這頂帽子，則是基於安全理由，繼續戴在我頭上。」

「你真奇怪。」

「誰奇怪？到底是我奇怪？還是那個和奇怪的人同行的小女孩奇怪？」

「當然是你奇怪！」

卡爾笑了。他知道自己很奇怪，但又不覺得自己是奇怪的人。一旦有人奇怪的時間夠久，久到見怪不怪，反而也就覺得正常了。就算只有他自己這樣覺得，對卡爾來說也足夠了。

「我們現在要去誰家？」夏莎邊說著，邊拉緊自己背包的背帶。

「到艾菲小姐家……就是克瑞蒙太太那裡。」

夏莎的手指向一條白天連陽光都照不進來的小暗巷。這條巷子是中古世紀遺留下的痕跡，路面上從未鋪過磚石或水泥，至今仍是幾百年來被來往的路人踩踏結實的泥土地。「走這條捷徑吧！」

「有時候繞點遠路會比走捷徑好喔！」

「怎麼說呢？」

「以後妳就知道了。」卡爾說。當大人想不到好答案時，通常會這樣對小孩說。說完後，卡爾覺得自己並不喜歡這種感覺，所以他還是決定說實話。於是他說道：「那條巷子讓我這糟老頭子感到害怕。我不知道原因，但每次走到前面我就無法繼續前進。那種感覺應該就像一匹馬看到前方路面有陷落低窪處一樣。」

夏莎停下腳步，吃力地把她的筆記本拿到面前，開始在裡面寫字——這次用的筆晃動時上面的亮片會反射出晶亮的光彩，末端處還掛了些塑膠材質的彩帶。只有在記錄和卡爾有關的事情時，她才會拿出這支筆來用。

「妳現在該不會真的記下我是一匹馬吧？」

「才不是！」

「那就好！」

「我只是寫你是個膽小鬼而已。」

卡爾不覺莞爾。開始進入學校讀書後，就沒人說過卡爾膽小。一時之間，他覺得自己彷彿站在體育館的單槓前，不敢上前走去。他想著，小孩子如果不是讓人意識到自己有多老了，就是能讓人知道自己有多年輕。

夏莎在卡爾和狗兒附近跳來跳去，讓狗兒疑惑地吠了幾聲。「現在我終於知道之前你說的艾菲小姐曾經是誰了！」

「『是』，不用『曾經』。艾菲小姐現在還是艾菲小姐。」卡爾回道。

「才不，是過去式。那位艾菲小姐是很久以前的人了，而且在書裡已經死掉了。」

「小說裡的人物可以一直活下去。只要有人閱讀關於妳的事蹟，妳就是還活著。」

「那麼我也要被寫進書裡面！」

「那妳可得自己寫一本囉！」

「沒問題！」夏莎往前跑去，歡呼道：「太棒了！我要成為寫書的人！」

卡爾再次看到夏莎時，已經走到艾菲小姐家門口，而夏莎就坐在大門前的台階上。卡爾明明看她還小喘著氣，卻聽她說道：「你未免走太慢了吧！」

「但我終究因此愉快地走過這段路啊！對了，妳按門鈴了嗎？」

「沒有。我一直在等你來。」夏莎這才站起身來按了門鈴。

「我準備了一個驚喜喔！」她低聲對卡爾說。卡爾這才知道，原來剛才夏莎一路又跑又跳是在為這即將到來的驚喜。

這下可讓卡爾感到很不安。

就在他還想追問細節時，艾菲小姐已經打開了大門，說：「寇洛夫先生，您好。

夏莎，妳也好啊！我剛才在地下室晾衣服，還好聽到門鈴響，真是太開心了！」

「您的書可說是今天我送的書裡面最重要的一本了。」卡爾說這話並沒有抱怨的意思，他只是想藉此推升艾菲小姐期待的心情。

這次夏莎看來沒有打算執行遞書的任務，卡爾只得聳聳肩自己來做這件事。原來，夏莎專注在正要發生的事情上。她用準備驚喜時使用的同一系列明亮的顏色畫下這一刻。因為這時候不適合跳起來，所以她踮起腳尖觀看。

「這本書還真厚呀！」艾菲小姐伸手接下包好的書本時，特意鼓起臉頰說道。

卡爾在一旁微笑，說道：「拿到一本新書時，也該預留好好讀它的時間啊！」

「是啊！如果下次您也能為我打包一袋時間過來的話，我會非常感激的。」

艾菲小姐馬上拆開包裝紙內的書，書名是《闇影玫瑰之漂浪歲月》（*Wanderjahre der Schattenrose*）。夏莎覺得，新書的封面看起來比同系列的其他書都還要悲傷。在她看來，出版社像是有意竭力在書頁之間擠進許多哀傷的情緒，好讓讀者的淚水幻化成紙張。

夏莎懷著忐忑的心情踏上前去，說道：「我為您帶了點東西。雖然不是一袋時間，但是特別為您這裡準備的。」

夏莎費力地卸下背包，從裡面取出一捲紙，紙捲上已經繫好紅色金邊緞帶的紙，說道：「克瑞蒙太太，這是給您的。」

「這是什麼呢？」

「您必須自己打開，在那之前我不會透露內容！」

卡爾深吸了一口氣。眼前的小女孩真是令人難以捉摸。她明明看起來一副無害的樣子，但她的小腦袋瓜裡裝的許多東西可並非真的那麼人畜無傷啊！

「是一幅畫！」艾菲小姐邊說著，邊把紙捲打開，接著說道：「是一朵闇影玫瑰……」聽得出來她的聲音顫抖著。這時夏莎說道：「克瑞蒙太太，這朵玫瑰就攀附在您的房子上生長。我不確定別人是否能看出我要畫的內容。雖然我的美術成績只有及格邊緣，不過那也是因為我們美術老師達米安太太實在太嚴格了。哎呀！其實我想說，她給的成績實在不合理啦！」

艾菲小姐此刻已經轉過身去，因為她不希望在場的另外兩人中有誰看到她掉眼淚。過去這麼多年來，她已經習慣隱藏自己的情緒。到如今，把情緒藏起來已然變成她的第二天性。她很快把滑落到臉頰的眼淚擦掉，說：「兩位請進吧！我們一起找個適合擺這幅畫的位置。」

眼前是能夠想像得到最令人感到賞心悅目的房子了。到處不是擺著盛有燦爛花朵的花盆，就是掛在牆上的圖中畫有含苞待放的花朵，使得整座房子好比盛開的花朵一般。這棟房子顯然只是蓋來給兩個人住的，而且，確實沒有留下太多居住的痕跡。只有一本書擱在客廳茶几上，洗碗槽裡也只有一個咖啡杯，入門的掛衣架上也只掛著一件外套。另外，雖然屋子裡許多美麗的角落可以掛夏莎的畫，艾菲小姐卻偏偏把畫掛在廚房門的內側。那個位置只有在關上廚房門時，才能看到掛在門後的畫。

艾菲小姐過分熱情地謝謝夏莎送給她的畫，並且送給夏莎一塊白巧克力做為回禮。她也送卡爾一塊，雖然卡爾完全不喜歡這類甜食。

在三人又站到屋外時，只見夏莎在筆記本上寫了許多筆記。

卡爾彎腰向夏莎說：「妳難道是打算把我客人的客廳和房子內部都逛過一遍嗎？」

「為了我的大計畫，我確實必須這麼做。」

而且，接下來幾天裡面，她也確實辦到了。

她請（師「泛」大學畢業的）長襪太太幫她修改（故意拼錯很多字的）作文。她跟朗讀者說，她的眼鏡壞掉了，而且請朗讀者務必為她朗讀《蒸汽火車司機吉姆和盧卡斯》（*Jim Knopf und Lukas der Lokomotivführer*）這本書的最後一章（夏莎刻意選這本書的原因是故事中也會出現很多煙霧，而且其實她要讓朗讀者讀給捲雪茄菸的女工聽）。

夏莎請求孤挺花修女接受她的懺悔，然後跟她說自己偷了一包偉特牌奶油糖的怪趣故事。雖然在講述這個捏造的故事過程中，夏莎一直要忍住笑才不至於被識破。

對浮士德博士，她需要分三個階段進行前置作業。因為之前浮士德博士給她看過的歷史文物雖然新奇，但都太無聊了。比如，浮士德博士的父親留下的那只壞掉的手錶實在太舊了，他奶奶英格麗留下一把有小花圖案的鍋子也是。另外，還有那包香烤吐司乾因為日曬，早就失去原本烘烤後那種令人垂涎的橙黃顏色。當夏莎把這些事一一告訴浮士德博士時，他才邀她入內，表示要給她看真正老舊的物品——原來是幾枚很無聊的羅馬古錢幣。

好在這樣忙了一圈，夏莎的偉大計畫終於算完成了第一部分。

鋪著木條的鍛鐵陳年長椅，彷彿專為重要的談話而設置。恰巧確實有許多人在這裡與彼此交談。是傾聽彼此的心聲，然後試著理解對方的那種真正的談話。市立墓園裡面除了有這樣的長椅外，墓園較古老的那一部分有幾座規模較大而華麗的老墓地，有些看起來像幾座小教堂，也有些看起來像是希臘神殿，還有幾座看起來像是被緊鎖在柵欄後方完全黑暗的地方。躺在裡面的人，都已經作古很久了。幾棵巨大的橡樹、蔓生的黑莓樹叢，還有那些隨風而來的野花彷彿都在述說，墓穴裡的人在此得到安息。

夏莎正好選中這張長椅，此刻把卡爾帶到此處。

「我們必須好好談談。」夏莎在坐下時如此說道，語氣聽起來頗為嚴肅。坐定後她打開筆記本，她的動作讓那些頁面好似用又沉重又厚實的紙張做成般，接著說到：「全部都記在裡面了。」

卡爾將雙手疊放在雨傘的木手把上，說道：「妳是說，妳在我客人那裡記錄下來的內容嗎？」

夏莎緩慢而意味深長地點點頭，說：「我想出很好的計畫了。」

「那是最好的思考方式了。」

夏莎深吸了一口氣，因為接下來她要說的話，必須要用盡丹田的氣力大聲宣告。然後她說：「你必須給你的顧客帶不一樣的書！」

卡爾一聽皺了眉頭。再加上他現在額頭上原來就有不少的皺紋，皺起眉頭時看起來更明顯了。「但是我送去的正好就是他們訂的書。」

「但是他們都訂錯書了呀！」

「難道他們不知道自己最想要讀什麼書嗎？」

「哈！」夏莎不覺笑出聲來，接著馬上又連笑出來：「哈哈！」這笑聲聽起來有點像印地安人要展開車戰的呼喊：「打個比方好了，像我恨不得能整天吃冰淇淋，但那樣做對我是好事嗎？肯定不是！」

「可是書本又不是冰淇淋，書本不會讓人鬧肚子。」

「哎呀！你太不懂我了！」夏莎現在真想跺腳，可惜這會兒她坐在長椅上，雙腳碰不到地面。

「所以你是說，我都給人送去讓他們肚子痛的書？」卡爾問道。

「書本可是比冰淇淋危險多了！那可是會讓人的腦子敗壞的東西！甚至還會敗壞一個人的心。」夏莎不知道該怎麼解釋才能讓卡爾更理解她想表達的內容。他怎麼可能沒看到？以他的年紀來說，他已經算腦子很清楚的人了。夏莎用力指了指她的筆記本，「都寫在這裡了。你的客戶雖然向你訂書，但其實他們的真正目的不是在書本上。」

「不是嗎？」

「你可要讀仔細了，送書人！那些人笑是因為你的到來，而不是在拆開書本包裝的時候。對他們來說，你比那些書本都重要多了。或許他們自己內心深處也清楚，他們訂的不是對的書。還是你真的以為，艾菲小姐需要那些寫著悲傷故事的書？她自己的人生就已經夠悲傷了！」

「那是她的人生、她的書。」

「難道沒有一本可以讓所有人感到幸福快樂的書嗎？像聖經一樣，只是更吸引人。」

卡爾轉動手上的雨傘，彷彿那把傘裡頭藏了什麼重要提示，非得要卡爾用粉筆把它們寫下來才能看得清楚。「聖經裡面的故事很吸引人，甚至可以說是非常吸引人。」

「哎呀！你明明知道我的意思，我說的是一本讓所有人都喜歡的書。」

卡爾把頭上的帽子推高一點，就好像他的頭發熱起來。「沒有這樣一本書。好幾年前，我也想過可以作些改變。於是，我給那些對我來說很有意義的人都送了同一本好書做為聖誕禮物。那本書中的每一行字都讓我感到幸福，而我也只是想把那份幸福感分享出去。但是收到書的人裡面，有很多人根本沒打開書來讀，或是沒有讀完，甚至有些人不喜歡那本書。」卡爾哀傷地看著夏莎。他感到遺憾，自己必須戳破夏莎那個多彩多姿的美夢。「妳知道嗎？不會有哪本書可以滿足所有人的喜好。就算真有這樣一本書，也不會是本好書。就像人無法和所有人都成為朋友，因為每個人都不一樣。如果要做到人人好，這樣的人應該就沒有個性上的任何稜稜角角。而且就算做到這地步了，還是會有許多人不喜歡這樣的人，因為他們還是需要個性有稜有角的人，這樣妳懂了嗎？每個人需要的書不同。因為某一個人打從心底喜歡的書，另一個人可能完全無法感受其中的妙處。」

夏莎做了個滿意的表情。「那麼我們就有共識囉！接下來我們會給所有人送去他們需要的書。」夏莎的手指向筆記本上一處貼照片的欄位，上面畫了一個正在哭泣的女人代表艾菲小姐。「比方說，她就該拿到能讓人心情愉快的書，這樣的書她應該就能從頭讀到尾了。」

「妳怎麼知道，那些有哀傷故事的書她都沒讀完？」

「她在拆開書本的包裝後，都會把書很快翻過，可是從來沒有翻完整本書。就像很多人剛拿到一本新書時也會這樣做。我仔細觀察過了！後來我去看她的書架，打開那些書。你可能不知道，打開一本書時，書通常會自動翻到最後讀的那一頁，簡直太方便了！」

「是呀！是呀！能知道這件事真是太好了。」

「那些打開的書頁都離故事的結尾很遠，可能是還有五十頁才到結尾或是更多。有些頁面甚至還像剛裁好的書頁一樣，緊緊黏在一起，我要打開那些書頁時，都還能聽到紙張才剛經過裁切發出的書頁分離聲。」夏莎繼續翻著筆記本，不久時只又停在下一頁。「像長襪太太對什麼都感到害怕，她應該拿到鼓勵她更有勇氣的書。還有……」

「不。」卡爾說。

「不對嗎？」

「對。噢！不對！」卡爾站起身來。

「到底為什麼？」

「我不想為任何人作決定。人家要買什麼書是他的自由。自己選書本來就是件美好的事。人生中的一切早就注定好了，但至少人還能自己決定要讀什麼書吧！」

夏莎聽完也站了起來，這個小人兒現在可是全身怒意。「反正這件事我已經仔細想過了：從現在起你要給他們送去適合他們讀的書！」

卡爾搖搖頭，說：「不行！不可能！」

Chapter 4 遠大前程[15]

就像正在遠方的海洋上醞釀著的風暴，卡爾沒料到即將發生的事，再過幾天即將如何猛烈襲來。當然，這也是因為他雖然有操持英語、法語、拉丁文甚至是古希臘文等外語的能力，卻無法理解難懂的年輕人語言。比如，卡爾就無法理解可能有很多意涵的「ＯＫ」這個說法。當夏莎用這個詞回答時，卡爾的理解是：「好吧！那就不是每個人都能拿到適合他讀的書。」但這句話真正的意思是：「那你就等著看吧！我的看法完全不同，反正我就照我自己的意思做就好！」「ＯＫ」這個詞的內在意義涵蓋的範圍可比表面大多了！

隔天，卡爾無法視而不見夏莎的背包明顯變大的事實。背包兩側的背袋深深陷入夏莎的黃色厚外套裡，而夏莎也因此必須比平時更努力站直才能維持平衡。

15 取自狄更斯（Charles Dickens，1812～1870）的同名作品《遠大前程》（*Große Erwartungen*），另也譯作《孤星血淚》。

「妳不先把一些學校的東西帶回家放嗎？我會等妳的。」卡爾說。

「不了，我背得動。」

「還是要我幫妳拿些東西嗎？」

「千萬不要！」夏莎尋思一個讓卡爾不繼續問下去的好理由：「你是長者，我才應該幫你拿東西！」

接著夏莎想知道今天要送書給誰，還有送書的順序。雖然她以前沒問過這個問題，但是她突然問起時，卡爾也不覺得奇怪。

他們今天拜訪的第一個客戶是達西先生。而且因為剛下過雨，達西先生帶兩人去參觀了花園。達西先生對很多種花粉過敏，所以他一天中只能走到戶外幾個小時。整個城裡大概沒有人像他一樣期待這場雨，因為對他來說，隨著每顆雨珠落下的都是流動的自由。

達西先生深吸了一口剛被洗滌過的空氣，然後向兩位訪客介紹了依照瑞典植物學家卡爾．林內（Carl von Linné）的構想打造的花鐘。根據花鐘上面種的花綻開的時辰可以判斷當下的時間。比如又名日中花的莫邪菊，開花的時間是正午十二點到下午五點左右；和康乃馨同為石竹科的夜花蠅子草在傍晚七點到八點間開花；看起來像巨型蒲公英的婆羅門參則專為早起的人綻放，開花時間是凌晨三點到上午十二點前。這幾種植物開花的時間範圍雖然有點大，但另外也有一些開花時間較為精確、好掌握的植物，比如龍膽會在上午九點左右打開花苞，天門冬大概六點左右開花。又由於有些植物開花的時間只有短短幾個星期，因此達西先生必須整年讓人在花圃內隨時種上不同的植物。

花鐘旁擺了一張藤椅。藤椅的做工唯美到不像是人的手編製成的，反倒像是從花園中肥沃的土壤中自己長出來的一樣，而且那張藤椅的形狀看起來，坐在上面必定極為舒適。

「您這裡有個絕佳的閱讀位置啊！」

「那不是我的位置，目前為止還沒有人坐在上面過。」

卡爾走近那張藤椅，用指尖撫過藤編扶手光滑的質地。「所以說，這是一件藝術品嗎？」

「不，那是一個願望，或者說一個夢想。對我來說，沒有比實現這個願望更美好的事了。您可別笑我接下來說的話。但對我來說，再也沒比有一個喜愛閱讀的老婆更美好的事了。我想看到自己的老婆沉浸在一本書裡面，完全忘卻周遭的世界，因為她的心神已經翱翔在書裡面的世界。看到她因為書中某個緊張情節移動視線、深呼吸，或是因為讀到有趣的段落而微笑。我多希望自己身邊有這樣一個女人，讓我可以整天隨時看到她在閱讀。」說到這裡，達西先生不禁為自己的想法笑了出來。「那就彷彿我跟著讀一本我不懂其中語言的書。我讀大學時，有個女同學常在我附近讀書，可惜她對我一點興趣也沒有。」

如果可以，卡爾很想多聽一些關於達西先生這位特別的女同學的事，也想聽他多講些關於這座花鐘的事，只是他還有其他書要送，耽擱不得。一旁的夏莎很安靜，只是不時焦躁地踮起腳尖顧盼。其實從她按下達西先生家的門鈴那一刻起，她就已經迫不及待想往下一位客戶那裡去了。

達西先生則是有點介意夏莎對他的介紹興趣缺缺這件事，於是不久就把他們引到別墅的大門。雖然依他原本的安排，他還想和兩人一起待到下一輪花開的時候。

出門後，兩人走了幾步路，只見夏莎默不作聲。其實她已經想好要說的話了，她只是想等走到離別墅遠點的地方再開口說話。

「我有東西忘了，必須回去一趟。你繼續走吧！我會趕上你的。」

夏莎說完，轉頭就跑開。

卡爾繼續往下個客戶的方向走。

夏莎按達西先生家的門鈴，後者一臉訝異地開起門來。

「有事嗎？」

「是卡爾，他忘記把這本書送給您了，因為他今天生日。」

「這麼說來，我不是該送他生日禮物嗎？」

「這次不是普通的生日，是又一輪的十週歲生日。在他長大的地方有個習俗，慶祝十週歲生日時，壽星要準備禮物送給別人。」

「是這樣啊！對了，他是哪裡人呢？」

「卡爾是巴拿馬來的。」夏莎說，因為她剛好在書上讀過這個國家。「我要走了！再見！」

夏莎氣喘吁吁往回走的途中，她得意地想著，自己的計畫真是進行得太順利了，而且現在背包的重量少了一點，真是太好了。

當兩人走到艾菲小姐家時，看到艾菲小姐正坐在一扇窗後的位置上。這是卡爾第一次看到她坐在那裡，低頭沉浸在書頁中。這讓卡爾不禁想起達西先生的願望，但又想到，這個願望應該不會發生在艾菲小姐身上。畢竟艾菲小姐看的都不是什麼令人舒心、感到美好的故事。只見艾菲小姐手裡拿著一本沉重的書像舉一副盾牌擋在她面前一樣。一本書當然是可以被人輕易挪開的物品，只是正在閱讀的人總像正在進行某件神聖的事，而會受到某種特別的保護一樣。

艾菲小姐身後的房間一片漆黑，此刻突然冒出一個走向她的人影。走來的男人看起來年紀比艾菲小姐大，一頭白髮削得很短，在他稜角分明的臉上皺紋明顯可見，有著運動員般的健壯體格。他看起來像個軍人。想到是這個男人為艾菲小姐決定了她克瑞蒙這個姓氏，而這個姓氏又如何符合他看起來的形象，令卡爾不禁打了個寒顫。

「快去按鈴！」卡爾對夏莎說道。夏莎聽了也馬上跑上前去按下金色名牌旁的門鈴。

卡爾跟在夏莎後面，同時忐忑地往艾菲小姐坐著的那扇窗看去。他希望艾菲小姐能站起身來，也希望自己背包裡面的那本書可以幫她阻擋一點怒火，為她開出一條走來開門的路。

但是，艾菲小姐只是對著書本把頭低得更低。

此時大門猛地打開，一雙鐵青的藍眼珠對他上下打量一番，像是不滿來人打擾了清淨。

「您好，我是城門書屋的人，為克瑞蒙太太送一本書來。」

「我要在哪裡簽收？」

「我這裡還有幾句話必須轉達給克瑞蒙太太。」

「她不在。」

一時間，空氣突然凝結。幸好夏莎接著說：「她不是就坐在窗邊！我明明就看到了，就在那裡！」夏莎往說的方向指去，一副非要證明自己所言不虛的態勢。

「她不在，您明天再來吧！」男人說完就把門甩上。

艾菲小姐抬起頭來，這時卡爾才能看到她又紅又腫的左臉頰。

「再按一次門鈴。」夏莎請求道。

「不了，」卡爾回道：「那樣做只會讓事情變得更糟。」

夏莎自己去按了門鈴。「也有可能變好。」

屋內響起一陣咆哮。接著艾菲小姐站了起來，她把門開出一條縫，約莫一本書寬度的縫，只露出完好的半邊臉。

「不好意思，我病了，所以……」

「妳丈夫打妳了嗎？」夏莎問：「需要我們幫妳報警嗎？」

「不要！」艾菲小姐急切地說：「我要回去他身邊了。」

「這是您訂的書。」卡爾說：「我們會再來的，祝您一切安好。如果您想找人說話，這裡有我的電話號碼。」卡爾說著，很快在一張書籤上寫下自己的號碼，從門縫遞給艾菲小姐。

接著，艾菲小姐再次關上門。

於是，艾菲小姐再次與自己的丈夫馬蒂亞斯獨處。這是她幾年前曾經深愛過的男人。當時她在急診室工作，有一天馬蒂亞斯帶著輕微骨折，負傷來掛號。他當時的肢體語言訴說著他當下的心情猶如繃緊的弓箭，而他的眼神透露出可以發現防守的漏洞的極度警備。所有人都看得出來，這個穿著商務西裝，坐得端正的男人有哪裡不對勁。艾菲小姐也看出來了，只是她想知道到底是哪裡有問題。在第三診療室裡面，馬蒂亞斯告訴她，自己在公園的長椅上看書，被三個男人嘲弄，然後就被打了。過程中，他完全沒有反擊的機會。艾菲小姐心中的愛慕已在此時萌芽。最後她決定嫁給馬蒂亞斯，她以為，愛讀書的男人會有一顆纖細的心。而且，對艾菲小姐來說，不管哪裡不對勁，有喜愛閱讀這點就足以改變他、足夠成為救他的理由。她從來沒問過，他當時讀的是什麼書。而那本書聳動的書名就大剌剌地印在封面上，寫著：《如何打贏每場戰爭！》那三個男人都讀過同一本書，看到馬蒂亞斯正在讀，覺得受到挑釁，所以對他說了些不好聽的話。馬蒂亞斯聽到後馬上受到刺激，就出手毆打對方。馬蒂亞斯很快打輸，不過卻感覺很暢快。之後他每到週末就會去看城裡足球隊的主場比賽。不過目的並不是為了看球賽，而是為了球賽之後的鬥毆。每次出手、每次落拳，都讓他有活著的感覺。馬蒂亞斯漸漸毆人成癮。不知何時起，家中的四面牆壁也成為他出氣的對象。他雖然繼續愛著艾菲小姐，但他更喜歡對她拳腳以對。不過，艾菲小姐不曾放棄希望。她希望總有一天這個曾經在公園的長椅上看書、心思敏感的男人哪天終會意識到自己的問題。她還以為，只要自己更愛他、多關心他，就能讓家庭生活更美滿，馬蒂亞斯也能早日發現自己的問題。可是無論她做了多少對的事，馬蒂亞斯總是有辦法找到錯處，並以此為由毆打她。馬蒂亞斯總說，他其實不喜歡打人，但艾菲小姐就是活該被打。還說，除此之外，沒有其他更好的懲罰方式。可悲的是，馬蒂亞斯確實想不到其他做法。

對卡爾來說，帶一本書到艾菲小姐身邊做為心靈支持，這樣的說法一點都不能讓他說服自己。

「這樣不夠好，」夏莎說：「我們應該多為她想想辦法。」

「妳說得對，我們應該想想哪些書可以幫助她。」

由於夏莎一時不知道該如何回應，所以她選擇不說話。又走過一個轉角後，她想到，她又有東西忘記拿了。卡爾不禁自問，小孩子是不是都像老人一樣健忘。不過他也記不得自己小時候的情況就是了。

直到夏莎在長襪太太那裡出來後又說有東西忘記時（她今天發明的新句子是

「他給她使了一個眼色」），卡爾悄悄跟在她後面。這時候狗兒突然來到卡爾身邊，卡爾從原來裝喉糖的小鐵盒中拿出小點心給狗兒吃。一人一狗就這樣暗地觀察夏莎把一本用鮮豔顏色的包裝紙包好的書拿給長襪太太。在長襪太太打開包裝後，開心地擁抱了夏莎，接著進到屋裡一會兒，再出來時給了夏莎一塊巧克力。

卡爾雖然很想知道那本書的書名，但他也不想因為他貿然出現讓夏莎難堪。再說，讓彼此不尷尬的機會很快就會到來——如果在下個客戶那裡，夏莎又要說有東西忘記時……

夏莎蹦蹦跳跳地跑回卡爾身邊，從他手上接下自己的背包後，牽起他的手晃蕩地走著，簡直把卡爾當起自己的舞伴。而一旁的狗兒只是豎起尾巴困惑地盯著兩人看。為了安撫狗兒的情緒，卡爾又從小罐子裡拿出一些小點心給牠。畢竟這整個過程對狗兒來說太不尋常了。

朗讀者很開心終於拿到塞萬提斯作品《唐吉訶德》的新譯本。

「你讀很多書呀！」夏莎說。

「是啊！每天在工廠讀八個小時，回家再繼續讀。因為我必須找出適合念給捲菸女工聽的書呀！」

「所以你知道很多書的事情囉？」

「唉！這就難說了。不管一個人讀了多少書，終究還是有更多沒讀過的書。聽起來是頗令人傷心。因為喜歡看書的人就是希望能讀盡所有好書。」

「那你為什麼不自己寫一本呢？你肯定知道怎樣的書才稱得上好書。」

一時之間，朗讀者像被雷電打到一樣。

而卡爾感到奇怪的是，為何夏莎沒有對他提出同樣的問題。她大概以為送書的人不寫書吧！這就像快遞員不會把東西裝進包裹箱中，他們只是負責遞送包裹這項業務一樣。

朗讀者看著卡爾，說道：「您這小書僮真是不容小覷啊！」

「我已經不是第一次有這種感覺了。」卡爾回道。其實他一直這樣認為。

「我確實寫了一本書，而且一寫寫了十年。」

這時狗兒蹭了蹭朗讀者的腿。卡爾覺得，朗讀者這會兒看起來有些緊張，而這隻貓想要安撫他的情緒。

「你寫的那本書是關於哪方面的？」夏莎問：「關於你自己嗎？」

朗讀者笑了出來。「噢！不。那本書寫的是一個又聾又啞的人，想學跳探戈的故事。但是他去舞蹈學校都被拒絕，最後他只好在報紙上刊登啟事徵求老師。

結果有個願意教他跳舞的女人來報到。女人到了之後，就把播音器放在地板上，然後教他光腳跳舞。這樣一來，他就能從腳底感受到音樂的律動。後來兩人墜入愛河，這時原本想學跳舞的男人才知道，原來教他跳舞的女老師也是又聾又啞。男人覺得自己被女老師騙了，深覺自己遭到背叛，因為原來女老師自己竟然也聽不到音樂！於是男人決定離開她。」

「天啊！好蠢的故事啊！」夏莎說：「結局太爛了啦！你要安排兩人最後來上一吻啊！」

「可以讓兩人相吻，但不是在故事的結局。」

「但這可是最重要的呀！兩人相吻一定要在最後。如果不放在最後整個故事都不對了呀！」

「妳知道嗎？」朗讀者說：「人生中往往是兩人在某個時刻親吻，但到了某個時間點又不再親吻彼此。一部小說的結局是不是皆大歡喜，差別只在故事說到哪裡停下來而已。」

「你根本沒懂我的意思，不會有人喜歡悲傷的故事。」不過夏莎一說出口，就馬上意識到這個說法不見得正確，這讓她不禁想起艾菲小姐。「哎呀！反正會喜歡悲傷故事的人不會是正常的、幸福的人。對了，有很多人買你的書嗎？」

「沒有。應該說還沒有人讀過這本書。因為我還沒有讓任何人知道有這本書的存在。」

「也沒有讀給別人聽過？在你工作時？也沒讀給捲菸女工聽過？」

「我一個字也不想透露。」

「這又是為什麼？」

「因為我可能寫得非常糟糕。」

「那你把你寫的書拿給送書人看，他知道的書可多了！」夏莎指向卡爾。「之後他可以告訴你，你寫得好不好。但你故事的結局太爛這件事，你現在反正是知道了。」

夏莎突然察覺朗讀者一動也不動。他整個人僵住了。不過夏莎同時也感覺到，朗讀者的腦袋裡現在閃過很多念頭。

「我實在不好意思麻煩他……」朗讀者低聲對夏莎說道。雖然他很清楚，卡爾全部都聽得到。

「當然沒問題，卡爾會很樂意給你意見的。他人很好，而且也愛閱讀。所以讀你寫的書當然也沒問題。」

「寇洛夫先生，實在很不好意思，好像要讓您為難了。我從不敢奢望您幫忙，類似的請求您一定常遇到。」

其實卡爾還真沒被問過類似的事情，所以現在他反而感到高興有這樣的機會。因為他也想知道，如果有篇文章真的寫不好，他該怎麼表達才讓客戶知道實情的同時，又不會傷害到對方。

「你會看的，對吧？」夏莎問道。從她的口氣中聽不到一絲懷疑。卡爾猶豫的同時，看到夏莎明亮的藍眼珠洋溢著喜悅的光芒。他不能讓她失望。

「當然了！我很樂意。」

「我馬上去拿！」朗讀者說完旋即離開。再回來時，手上捧著裝在鞋盒裡的手稿。「請您讀完後務必告訴我實話。怎麼殘忍都沒關係！只有這樣才能讓我進步。」話還沒說完，他倒是先嘆了一口氣，把原本要說的話吞了回去。夏莎無從得知，朗讀者沒說出口的是什麼，但她想，必定是什麼重要的事。「不急！請您慢慢看就好。」

「能讀到您的書稿，我很開心，也感到非常榮幸。」

「等您讀過再說吧！」朗讀者苦笑道。對於這一刻，他是既渴望又害怕。現在他的小說終於面世了。雖然只是跨出一小步，也只是給一個人讀，但他的文字終於也達到他之所以寫下它們的目的了：被人閱讀。

朗讀者覺得，他的文字可能被人讀了就會壞掉。

只是現在朗讀者也不知道還可以說什麼了。「那就……」

「就這樣囉！拜啦！」夏莎說：「我們還有書要送。」

「是、是，當然！我也不好耽擱你們的行程。再見！我已經打電話跟書店訂下次要送的書了。」

眾人道別後不久，夏莎又說有東西忘了。

「我陪妳去。」卡爾說：「沒有妳一起走實在太無聊了。」

「那你要走很快喔！可沒有多餘的時間讓你感到無聊。」

「沒問題，我跟妳去。多走幾步路對我也是有好處的。」他打趣地看著夏莎不情願地咬著下嘴唇——但同時又為自己有這樣的想法感到羞愧。

這時夏莎大動作地拍了自己的額頭說：「哎呀！我沒忘東西呀！看我這記性！」

「確定嗎？」

「對！就是這樣！」

「可能妳還是想給他一本妳帶來的書？」

夏莎生氣地跺腳道：「哇！原來你全部都知道啊！」

「應該是在艾菲小姐那時才剛知道的。」

「所以你跟在我後面偷看了！」

「然後發現妳在跟我搶生意的事實。」

「才沒有！我又不賣書，我是把書送給他們。」

「所以，那些是妳說他們應該讀的書？」

「對，那些是會讓他們開心的書。都是因為叫你做你又不做，我才不得已把我自己存下來的錢拿出來用。」

「都是些怎樣的書呢？」

「達西先生只讀那些需要思考的書，我覺得他應該做些要用到雙手的事。所以我送了他一本木工的書，反正木材在他的園子裡就有啦！」

「選得好。那長襪太太呢？」

「她那麼喜歡找錯。發現的錯誤越多，她越開心。」

「這下我真的好奇她會收到哪本書了。」

「她那本書裡面每對頁都有兩張圖並排，但是其中一張圖裡面有十個不同的地方。書名是……」

「《找不同！》（*Finde den Fehler!*）」這些畫裡面不同的地方當然不會一下子就讓這位老眼昏花的德語老師找到。「這本書肯定夠讓她忙上一陣子了。那艾菲小姐呢？」

「我送她會讓人笑出來的書：《德國笑匠阿斯慕森最佳笑話集》（*Fips Asmussens beste Witze*）」

卡爾不認為艾菲小姐有辦法讀上一頁。不過，人家送的書就算不拿來讀，也是對收禮人的智識和品味的一種讚美。許多作家寫作的方向就是讓他們的書變成送人的禮物。這些書雖然可能沒有人讀，卻是高級的室內裝潢，擺在書櫃裡很好看，而且很適合和達利的長腳大象印刷複製畫擺在一起。

「只是給艾菲小姐的笑話集我是投到信箱裡面。當時我不想再按一次門鈴。」

卡爾看向朗讀者的住處，問道：「妳想送他什麼書呢？」

「這可真是個難題！我不確定什麼能讓他開心，因為我不知道是什麼原因讓他不開心。」

「但妳還是帶了一本書要送給他？」

夏莎點點頭，接著從背包拿出一本包裝好的書。「一本名叫艾弗瑞德什麼的人寫的書，關於新字詞的書。」

「是艾弗瑞德·赫伯特（Alfred Heberth）編撰的《新詞彙：一九四五年後的德語新詞彙》（*Neue Wörter. Neologismen in der deutschen Sprache seit 1945*）。能選

到這本書真是令人訝異啊！」

「我覺得，這本書能讓他讀到一些他還沒聽過的字詞，一定能給他帶來不少樂趣。比如，甜蜜蜜鬥牛士蜂。」

「根本沒有這個詞！」

「就是這樣說出來才有趣呀！甜－蜜－蜜－鬥－牛－士－蜂。」

「『響亮亮長笛吹奏技法』這個詞如何？」

夏莎歪著頭看了卡爾，說道：「你也會說笑嘛！」

「剛好想到而已。」卡爾回。

「你就大方承認吧！又不是什麼壞事。」

「一定不是妳自己想到那本書的吧？有誰跟妳推薦的嗎？」

「摩西舊書店的老人家。那位老人家比你還老，他的皮膚到處都是皺紋，像是捲在一起的床包一樣。」

漢斯是個熱心的好人。他在店裡堆積如山的書本之間行動時，在卡爾看來好似一隻伸長了頭頸往前探尋前進的烏龜。只是漢斯不愛閱讀，古書店是很久以前他從母親那裡接手過來的。他既不讀歌德、席勒、馮塔內（Theodor Fontane）、狄倫馬特（Friedrich Dürrenmatt）等德語作家的作品，也不讀托爾斯泰的名著，而是閱讀比如西部歷險連載小說《拉希特：在他的時代最有骨氣的人》（*Lassiter - Der härteste Mann seiner Zeit*）這類大眾文學作品。他雖然知道重要作家的姓名和他們的主要作品，也知道每個作家主要的創作文體，但他一本也沒讀過。反而是他的妻子讀過所有這些作品，但是打從今年初漢斯的妻子離世後，如今這家店成了沒有自家讀者的舊書店了。

「我跟他說了，我的錢只能買便宜的書。基本上每本書只能花幾毛錢買。幸好完全沒問題。」

「而且妳自己為每個人都找到每一本書嗎？」

「對啊！應該說是那個人找出來的，而且他很快就找到那些書了。他在收銀台旁有個紙箱，適合的書剛好都在裡面了。」

那個紙箱裡面的書本，都是漢斯賣不出去，拿來隨手送給舊雨新知的。這樣一來，他也好在店裡騰出空間給新到的書。如此想來，漢斯肯定沒在紙箱裡面找到剛好需要的書，頂多只是有幾本書的書名看起來剛好適合而已。

「把你準備送給朗讀者的書送去給他吧！他一定會很開心的。」

「那你要做什麼呢？」

「我就等在這裡，剛好需要想些事情。」

「你要想什麼事？」夏莎知道，如果大人說要想些事情，又不說出要想什麼事時，通常都不是什麼好事。

「如果無法阻止一個固執的小女孩去做她想做的事，那就盡量讓她想做的事順利完成。」

「你想的是這個啊！」夏莎說：「那你想久一點好了！」

卡爾的電話響起是晚上九點鐘，安靜如他一般是不會理會這麼晚的來電。但今天他嚇了一大跳，因為此刻的他正神遊到遠方的非洲。他正在讀丹麥作家卡倫・布里克森（Karen Blixen）的自傳小說。他上次讀這本書已經是二十五年前的事了。他習慣在經過四分之一個世紀後重讀已經讀過的每一本書，他想看看是否能從中有什麼新發現。

聽到電話鈴響後，卡爾把一張麵包店的舊收據當作書籤放進書頁間，然後溫柔地把書擺在一旁。

提起話筒前，他檢視了自己的衣著，拉直襯衫的領口。

「寇洛夫先生，晚安！」

「我就是，您好。」

「我們這裡是教堂景觀長青之家，古魯柏先生想見您。」

「可是星期六他不是不見客嗎？」

「他最近情況不是很好，所以您最好還是盡快來一趟。」

卡爾上氣不接下氣地疾步穿梭在夜晚的街道間，途中他還不時自問是否該給顧斯塔帶些東西。但當人不斷挪動腳步時，往往不得不拋下一切，包含他剛出現的念頭。結果經過加油站時，卡爾還是進去買了一束鬱金香。由於鍾情於阿姆斯特丹這座城市，鬱金香成了顧斯塔最喜愛的花。看到鬱金香總能讓他心情愉快。人走時雖然帶不走快樂，但幸好人的一生中也沒有太多快樂的事。或許也因此，到了人生的最後時刻，感到快樂比任何時刻都來得重要。

到長青之家後，卡爾沒有選擇搭電梯，而是直接走上樓梯。他急匆匆地敲了房門，等不及裡面的人回應「請進」，就逕自開了房門。

開門後，看到莎碧娜已經站在那裡。

顧斯塔躺在床上，氣如游絲。

「您不許進來！」莎碧娜說時，已經舉起手抵在卡爾胸前把他往外推。至少在這最後的時刻，她想單獨和自己的父親待在一起。

「任何人都不能過來，」莎碧娜繼續說道：「他需要靜養。」接著就關上房門。

「顧斯塔的情況怎樣？」

「我現在真的沒空和您談他的情況了。」

「有什麼是我能做的嗎？」

「沒有，您幫不了他。」

「我的意思是，我也可以幫您做些什麼。或者給您帶點喝的或吃的來嗎？您看起來需要補充點體力。」

「寇洛夫先生！就算您不在，這裡我自己也能應付得過來。」莎碧娜二話不說把卡爾一個人留在門外。

卡爾不想拋下他的老老闆。他覺得如果自己現在離開，就像親眼見到有人溺水卻見死不救一樣。

他坐下，但隨即又站起身來，彷彿坐下就代表放棄希望了。長青之家的走廊聞起來有醋酸清潔劑的味道，卡爾在其間踱步，像是走在一座無法逃脫的迷宮裡面。

直到他眼前突然出現一座放了許多書的櫃子。長青之家的書櫃裡面有很多被翻爛到就算拿到跳蚤市場也賣不出去的書，看起來真像書本的安寧病房。卡爾的視線很快瀏覽過那些書的書脊，看過作者和書名。一開始他還不清楚自己想找什麼，但隨著時間過去，他一直找不到，他才意識到自己想找哪本書。

他終於找到德國作家埃里希·凱斯特納（Erich Kästner）的《埃米爾與小偵探》（*Emil und die Detektive*）。顧斯塔年輕時一定讀過這本書。

就這樣，卡爾帶著這本書回到顧斯塔房前的椅子上坐下。

卡爾朗讀起這本書。

雖然這些文字不會鑽過牆溜進顧斯塔耳邊，卡爾還是大聲地讀出聲來。其實卡爾也知道，這些文字沒有治癒顧斯塔的魔力。他更清楚自己既不是大魔法師梅林，也不是傳說中的埃及魔法師德底或是希臘神話中的巫術女神瑟西。他只是嗓音滄桑、思念摯友的卡爾·寇洛夫。

他念到主角埃米爾在火車上被一個名叫格倫岱斯的人偷了一百四十馬克。他又讀到故事中帶著小喇叭的顧斯塔和埃米爾的表妹寶妮的英勇事蹟，也讀到小偵探間以「埃米爾救援計畫」做為傳遞消息的暗號。

卡爾看也不看他手錶上的指針，只是不停朗讀著，彷彿他一旦停止讀這些文字，就會握不住顧斯塔的生命線一樣。

有個照護員突然跑過卡爾身旁，進到顧斯塔的房間，接著陸續有其他穿著白袍的人衝進去。那情景就像看到一群鳥遭受猛禽襲擊一樣。

卡爾讀得更大聲、更急促，像是奮力要把那些文字從書裡擠壓出來。而他的手指緊握著書本，使得原本精裝的硬書皮也變形了。

然而，不久後，像鳥群的白袍人一個個垂喪著頭緩步走出顧斯塔的房間。直到再也沒有人從房間走出來，卡爾才緩緩闔上書本，輕輕地將書本擱在顧斯塔房門旁的地板上，走出長青之家。

對卡爾來說，現在顧斯塔已經不在長青之家，待在長青之家對他也沒意義了。

城門書屋裡用來宣告顧客上門的老銅鈴，原本應該是聽來令人愉悅的聲音。但是隔天卡爾踏進書店時，老銅鈴的聲響聽來卻像小調般悲傷淒切。

進到書店後，入口處擺了一個畫架，畫架上是一幅繫上黑色緞帶的大相框。照片上的顧斯塔那天把書店交棒給莎碧娜後正式退休。顧斯塔整個人幾乎淹沒在龐大的花束後方。站在他意氣風發的女兒身旁，顧斯塔的笑容只像是一抹有氣無力的回音。那時候的顧斯塔已經不再是他自己了，當時他已經開始變成一道影子。

畫架前有張覆蓋了雪白緹花桌布的小桌子，上面放了一本弔唁簿。卡爾用顫抖的手翻看那些沉重無比的頁面。上面有人畫了愛心，也有人寫下哀悼或思念的話語。許多人寫下記憶中的顧斯塔，也有不少人提到顧斯塔推薦給他們的書，以及這些書對他們的意義。

弔唁簿旁擺了一支墨黑的簽字筆。

卡爾在讀到切合當下心境的字句時，他自己可以有所察覺，但他卻不曾找到適合寫下來的文句。但是要寫給顧斯塔的話，就非得要是切合心境的文句不可。留下錯誤的字句給一個為文字而生的人，就像把一份自己也煮不出好菜的食譜交給廚師一樣可笑。

莎碧娜身穿一件黑色洋裝站在收銀台後方，她正盯著電腦螢幕看，手指不斷敲打鍵盤，落下的髮絲幾乎遮住她的臉。

卡爾走向她，說道：「您……失去至親……我深表遺憾。」對卡爾來說，此刻那個「您」自比以往更難說出口。

「謝謝，」莎碧娜頭也不抬地說道：「我們必須談談。」

「如果妳需要有人傾聽，我隨時都在。或妳需要肩膀靠一下，妳知道我也會在。」

現在莎碧娜抬起頭來，但是並沒有和卡爾四目交接。莎碧娜此刻的視線更像是對著卡爾額頭正中央的一個點說話：「寇洛夫先生！我不是要談我父親，是要談有關書店的事。」

卡爾現在的世界滿溢悲傷，沒有絲毫餘地讓他察覺莎碧娜嚴厲的語氣。「和書店有關的事務，我也隨時恭候差遣。」

「我父親還在世時，考量他可能不同意，有很多事我做不了。但您肯定可以理解，現在的我不想再浪費時間了。我現在必須要為了書店的存續做些重要的改變了。」

這些句子聽起來就好像莎碧娜早就白紙黑字寫下來，而且練習過好多遍才說出口一樣。

「是，當然了。」依舊狀況外的卡爾回道。

「我們要終止由您負責的書本外送服務。未來預定的書籍只能到店取貨，或是由我們的批發商寄出。今天是您最後一次送書，送書時，請親自將這個消息傳達給您的客戶。如果有誰是您今天遇不到的，我們會再進行書面通知。」

「要停掉送書服務是因為我的薪資嗎？現在開始，我可以不支取執行這項業務的服務費用。」

「寇洛夫先生，這裡面涉及的不只是金錢問題而已。之前我已經跟您詳細說明過我們為此要額外付出的各項準備工作。」

「可是大部分這類訂單都是客戶直接下給我，之後我再將這些訂單導入我們的採購流程。」

「我現在真的不想和你討論我們內部的作業流程。總之，這是我的書店，現在我決定這樣做。」莎碧娜說完，又繼續敲打鍵盤。「這是非常理性而且純粹出於商業利益考量作出的決定，請不要把問題放大了。現在起不用送書了，您也可以自由運用晚上的時間來享受美好的事物了。」

除了努力維持好站姿，卡爾此刻什麼也做不了。剛聽完時，他什麼也無法思考。等到他意識到自己幾乎要忘記呼吸這件事時，他才又思考起來——同時深吸一口氣，讓空氣填滿他的胸腔。莎碧娜說，他應該「自由運用晚上的時間來享受美好的事物」？可是對他來說，沒有比把書本帶去給其他人更美好的事情了。

「這樣吧！以後我就以一般顧客的身分支付這些書本的費用，再把它們送出去，如此一來就不會給您造成任何麻煩了。」

「這樣把書送出去後，對您的收款可就沒有保障了。」

「沒關係，我來承擔所有的風險。」

「寇洛夫先生！我就是想避免和您討論到這個層面。」

「可是……」

「因為那樣做，表面上看來仍然是我們書店提供的正式服務。所以如果您在客戶那裡有不當表現時，到時候責任還是會回到書店這裡。就是這樣！比起在這裡繼續和你討論下去，我現在有更重要的事要去處理。然後，您和其他所有人，現在請都馬上回到工作崗位上去！」

卡爾完全沒有察覺，包含實習生雷昂在內的三名書店工作人員不知何時都聚到他的左右來了。

「寇洛夫先生從來沒有在顧客面前出錯過。」說話的是卡爾幾年前帶過的凡妮莎·艾咸朵夫。凡妮莎剛到書店工作時，是在卡爾的鼓勵下才沒有放棄，撐著留了下來。

「從來沒有顧客抱怨過寇洛夫先生。」一旁的尤莉亞·貝納也附和道。尤莉亞接觸收銀業務的首日，曾經因為算錯帳短少三十馬克的帳款。在卡爾的接濟下才得以補足差額。

「我們買書需要他的推薦，而且我們很能感受到他對顧客的用心。」說話的是佑亨·基興。卡爾曾經在他每天早上買牛角餐包的麵包店，為佑亨的女兒找到實習的工作機會。卡爾總說那位麵包師傅是他朋友。因為二十七年來，他都在這家店買麵包。這幾年下來，用新鮮麵包換取亮晃晃的硬幣的過程中，已經在麵包師傅和卡爾之間維繫起某種特殊情感。

這時雷昂也覺得自己應該說幾句話：「我們全家人因為寇洛夫先生，這幾年都在這裡買書，包含那些我完全不會讀的書。」

莎碧娜的眼神顯得有些不知所措，她的頸動脈急促跳動，而她的手也緊張地把筆從左手換交由右手拿——即使對左撇子的她來說，其實用左手拿筆更順手。莎碧娜希望在今日之內把這些事情作個了結。在這之前，她已經把辦公室裡面所有會讓人想到自己父親的物品都搬走了。那些物品中有一張顧斯塔和住在貝倫道夫的作家合影的照片，這位作家後來得到諾貝爾文學獎[16]，在照片中還很年輕。此外，有一張市政府為感謝顧斯塔舉辦多場朗誦會所頒發的文化獎狀，甚至還有一張莎碧娜在幼稚園時畫自己父親的童趣作品。可是現在莎碧娜一點也不想再想起自己的父親，因為回憶讓人心痛，而最容易讓她回想起自己父親的人竟然是卡爾！想當初，如果不是囿於家業承繼的傳統，顧斯塔恐怕早就把整個書店交給卡爾管理了。

如今莎碧娜環顧自己的員工，她察覺到這些員工還不願意放下她父親留下的一切，而且對這些員工來說，卡爾成為他們和父親間最後僅存的聯繫。

看來今天不是切斷這段老尾巴的好日子。

不過倒是可以讓眾人知道，那把刀已經磨好了，隨時可以動手。

16 所指為一九九九年諾貝爾文學獎得主鈞特．葛拉斯（Günter Wilhelm Grass）。

「好吧！先到這裡，再說吧！」莎碧娜說。眾人都明白，這句話不懷善意。

卡爾安靜地包裝自己負責的書本。無論是包裝時紙張的摺邊、輕柔地撕下膠帶，或是把包好的書本放進背包裡面時，包裝紙摩擦發出的聲響，每個熟悉的動作都能平撫他呼吸的頻率，卻沒有一樣能安撫他激動的心跳。他現在處於留校察看階段，只要一犯錯，隨時都能要他離開書店的工作。卡爾也打包了他打算送給客戶、純為讓客戶開心的書，一如夏莎計畫的那樣。

如果哪天他被辭退了，他會送自己哪本書呢？莎碧娜的電腦應該有辦法為他這個年紀的男性列出具體的建議閱讀書單，或許是要他搭建一座架高的園圃、烹煮只需要兩項材料的料理、用毛線織冬天的毛帽、描繪蠶絲畫，或甚至要他參加長青班的課程。所有這些活動當然都能讓人感到幸福快樂，前提是在沒有失去幾十年來一直做得很開心的工作時。否則一切都像替代性質的活動而已，而其中的滋味，就像一個人已經喝慣真正的咖啡豆煮出來的咖啡，一旦喝到以菊苣根為原料的菊苣咖啡只會覺得滿口苦澀。

如果是在往常，穿著黃色厚外套的夏莎走在像現在這樣烏雲密布的天空下，會讓人覺得有如長了兩條腿的小太陽。但如今，就算看到這幅景象也讓卡爾開心不起來。

「你看起來不大一樣喔！」夏莎打招呼。

「我還是同一個我。」

「可是你眼睛看起來不一樣。」夏莎在卡爾面前倒退走著，把卡爾上下仔細打量了一番。

「我只有這對眼睛，換不了另一對。」

「咦？你哭過嗎？」

「沒有。」

「你在心裡偷偷哭過嗎？我的意思是，不是眼睛流眼淚那種哭，是在心裡掉眼淚的那種哭。」

「在心裡掉眼淚？」

「如果可以的話，我就是那個意思。」

「那樣的話，我的眼睛又為什麼會看起來不一樣呢？」

「因為它們感到慚愧啊！哭泣這件事明明是它們的工作，現在卻讓別人給做了，所以它們覺得不好意思了。」

卡爾用指尖碰了碰自己的眼瞼，以防他的眼睛真的羞愧難當，需要有人關心它們。

「可以讓我問幾個問題嗎？」夏莎問道。

「反正平時妳都問也不問就直接提出問題了。」

「我是有點擔心這個問題會不會對你來說太蠢啦！」

「既然妳以前沒擔心過，我們之間就維持原來的樣子好了。所以妳問吧！」

「你今天為我找到適合我的小說人物的名字了嗎？」

「沒有，我想不出來有哪本書中的哪個人物像妳。」

「可是我也想要一個可以代表我的文學角色名字！你要再多讀幾本書啦！」

「我應該馬上就做得到了。」卡爾回道。只是，他沒繼續說明原因。

狗兒今天出現得比平時早，一來就用牠的腹側磨蹭卡爾的右腿，原來卡爾把放點心的小盒子放在那裡了。但今天卡爾沒有拿點心餵牠。繼續這樣下去，狗兒還會出現嗎？果然在卡爾彎下身子想要撓狗兒的頭時，狗兒躲開了。卡爾就這樣撲了個空，往前跌了一跤，一頭栽在路面的陳年磚石上。這些路磚在那裡已經幾百年了，既然能在馬車和坦克的輾壓下留存至今，它們的堅硬程度是可想而知了。他的膝蓋先著地，然後往旁邊一倒，整個身體的其他部位也跟著跌在地上。比起身體各部位的疼痛，卡爾內心的失望更是沉重。因為過去他從來沒有在送書途中跌跤或滑倒過。對自己一雙結實的鞋子、夠厚的襪子和自己的雙腳，他完全有足夠的信心。可如今看來，世界在改變，而且起變化的地方不止一處。那些改變有如一群惡狼撲羊，從四面八方、鋪天蓋地向他襲來。

「來，我扶你。」夏莎伸出手臂說。卡爾扶著夏莎的手想要站起來，一使力竟又跌坐在路磚上，這下反倒使得夏莎跟著失去平衡，踉蹌了一下。「讓我背你的背包吧！我可以同時背兩個沒問題的。」

「不用。」卡爾站起身後說道。這時他感到膝蓋一陣痠痛，手掌上的擦傷也讓他疼痛不已。「送書途中感受不到背上的重量會讓我覺得哪裡不對勁。」

夏莎這時才遞過卡爾跌倒時滑落在地的背包，「你的背包還真重，這裡面都是你喜歡的書嗎？還是你也送其他你不喜歡的書呢？」

「我喜歡妳這個問題，」卡爾拍了拍衣服上的髒汙說道：「不過今天我可能送不了這麼多書了，我沒那麼多力氣了。」

「你沒回答我的問題！」

他嘆了一口氣，才說：「我也會幫顧客送那些我不喜歡，或和我頻率不對的書。妳知道，一本書是沒法迎合所有人的喜好的。而且，一本內容很蠢的書裡面也可能有充滿智慧的想法。有時候，一點點愚笨不會傷害任何人。只要留心，別讓那一點點愚笨擴散到氾濫成災的地步就好。」卡爾鮮少說謊，也很少跟顧客說哪本書已經絕版了。他總以此為恥。只是有一次，他沒有為艾菲小姐送去她想要的書，原因是聽到傳聞，有個女人讀過那本書後深陷憂鬱久久無法自拔。

「我還有個問題。」

「下次再問吧！今天我不想說話了。」

「再一個問題就好！拜託！拜託！拜託！」

「妳就放過我一次，不行嗎？」

夏莎把這個回應當作是卡爾同意她的請求，但其實就算卡爾拒絕她還是會問。因為她感覺到，如果她不試著和他說話，卡爾今天的心情只會越來越低落。夏莎提出的問題可以讓卡爾把注意力轉移到她身上，還能讓卡爾的情緒維持在水平面上，不至於繼續往下沉，可以說是卡爾思緒的救生圈。

「你做過推辭或刪除顧客訂單的事嗎？」

卡爾覺得這問題讓他感到煩躁，反而讓他一時片刻忘記傷心的事了。「有吧！出於自我防衛。我現在、馬上也要出於自我防衛不說話啦！」

「你說的這位客戶是艾菲小姐的丈夫嗎？因為他可能會揍你嗎？」

「什麼跟什麼啊？不是！對了，狗兒到哪去了？」

不知何時那隻貓已經離開了，無聲無息的。

「不然是為什麼啊？」夏莎問：「告訴我嘛！」

卡爾深吸了一口氣。他現在真的不想回答任何問題，但他更不想因此失去第二個同行的友伴。此時此刻，如果再落得孤單一人的下場，應該會比回應夏莎的問題更慘。

「是一位女客戶。她每次都要把新書的書脊扭斷。我是說，她會把整本書翻開往後壓到書都快解體了才肯罷休。」

「真是有病啊！」夏莎覺得這種時刻應該就可以往地上吐口水表現出看不起對方的樣子，可是馬上又想到，這樣做未免太噁心了。

「她認為，這樣書在手上會更好拿，還說，書本不會那麼容易解體。她拆開包裝紙把書拿出來後就迫不及待做這件事。最後因為我無法忍受那種聲音，就不再為她送書了。現在聽完了，滿意了嗎？」

夏莎一心只想著卡爾背包裡的書。「我覺得你做得對。我請你吃冰淇淋，好嗎？」

「因為我回答了妳的問題，所以妳要請我吃冰淇淋嗎？」

「不是，是因為冰淇淋總能讓人心情變好。」

「唉！這方法可不是對所有難題都有效啊！而且，肯定對我起不了作用。」

「才不會！對付所有難題都有效。這就是冰淇淋厲害的地方了。」

夏莎堅持，卡爾一定要到皮諾冰店吃一種叫企鵝杯的冰淇淋套餐，非得要他好好享受榛果醬的美味不可。其實，這樣的冰淇淋組合味道甜膩得不得了。當然，冰淇淋上面的彩虹糖粒也是夏莎選這份套餐的原因。

享受冰淇淋的美味果然起了作用。最後，有兩滴冰淇淋剛好滴到卡爾右腳的靴子上，一時間看起來好像靴子長了眼睛，而且還做了個很呆的表情，讓兩人不禁笑出聲來。

這天晚上卡爾通知所有由他負責送書的客戶，從今往後由他本人來接訂單，最好是他正好送書來時把新訂單交給他，不然就是打電話告訴他。並強調，顧客幾乎隨時都能聯絡到他。不然風險實在太大了，他擔心莎碧娜會勸說顧客不要使用卡爾的送書服務。這樣一來就沒有人能再對開除卡爾這件事說什麼了。不僅顧客沒話說，卡爾自己也沒有提出異議的理由。

今天夏莎只為那些還沒有收到她禮物書的人帶了書。就這樣，浮士德博士拿到一本《世界上最可愛的小狗》月曆，他也確實盡量表現得非常開心收到這份禮物。卡爾為達西先生準備了一本紀念精裝本的《傲慢與偏見》，同時表示，這是書店為了感謝他這位忠實顧客多年來的照顧所準備的小禮物。對此，達西先生也滿懷感謝地表示，他昨天才因為卡爾故鄉巴拿馬的十週歲生日習俗獲贈一本書。還說，那本關於木工的書比預期的還要有趣。

說話時，達西先生看了一眼夏莎，發現得意的她似乎頓時長高了三公分。

今天雖然沒有艾菲小姐訂的書，兩人還是刻意路過她家，想看看她的情況。在按過門鈴後，屋內既沒有亮燈，也沒有人來開門。卡爾於是把一本《凱斯特納醫生的詩意家庭醫藥箱》（*Doktor Kästners Lyrische Hausapotheke*）放進艾菲小姐家的信箱，因為卡爾猜想，艾菲小姐生活中許多方面可能會需要協助。只是，現在卡爾也不確定，凱斯特納的美詞妙句是否夠用。

當兩人到海克力士家，坐在他家餐桌邊時，夏莎問海克力士，之前的《維特》（幸好對夏莎來說，這是個好記的名字）讀得如何。

「妳知道，這是一本書信體小說。主角是法院實習生維特。講的是年輕的維特愛上一個名叫夏綠蒂的女孩子的故事。不幸的是，這個女孩子已經和另一個男人有婚約了。」夏莎忍不住嘆了一口氣，因為她現在聽到的一字一句都是當初卡爾對海克力士介紹這本小說時說的話。現在海克力士像把這段話背下來一樣，又講了一遍。

卡爾挑了一本介紹世界文學名著的（紅色書皮的）書送給海克力士。拆開包裝紙時，海克力士顯得一點也不開心，他只是一臉困惑地盯著書看。直到夏莎說明卡爾挑這本書送他的想法，海克力士臉上才露出淡淡的笑容。

「現在您不再需要我為您簡介每一本小說了。」卡爾說：「這本書裡面，有真正的專家為您做這件事。」

這時海克力士的淡淡笑容又像熄滅的燈火一樣從他臉上散去。

最初意識到這情況的人是夏莎，她靠向卡爾說道：「你看他的眼睛！」

接著夏莎翻開書本，轉身面向海克力士。她用食指指尖滑過目錄，說：「這裡列的是所有名著的書名。像這本《呂根島》就非常有名，您讀過這本嗎？」

「沒、還沒讀過。」

「那這本您肯定讀過了？」夏莎手指著一行字，讓她的問句在空氣中迴盪了一會兒，這才又說：「《史坦家的羊群》。」

「不巧也沒讀過。但是，寇洛夫先生，您可一定要繼續跟我說說這些小說啊！這本書裡面的內容肯定很棒，可是如果有您的介紹，那些書才會生動起來。」

「如果您想聽，我當然還是很樂意為您介紹這些書。」

這下子海克力士的神色才又開朗了起來。海克力士想進一步知道《呂根島》

和《史坦家的羊群》這兩本書的詳細內容。卡爾盡力照做了，即使他沒讀過這兩本書中的任一本。因為事實上根本沒有這兩本書。

當兩人再度走在街上時，卡爾不由得深吸了一口氣。「他沒法閱讀。」

「可憐的人。」

「為什麼妳剛要提到呂根島、什麼羊和史坦一家？」

「噢！去年我和爸爸去度假時，就住在史坦家經營的民宿。他們養了很多羊，超可愛的！剛才時間太短，我一下子想不出更好的例子。我們能不能幫幫海克力士？」

「我們必須幫他！」

「可是如果只是每次帶一本書給他是沒用的。」

「是沒用。而且，無論我們怎麼幫他，最重要的是，他自己不能覺得不好意思，但他表現出來正好就是那樣。」

「覺得不好意思是很蠢的事。我知道那種感覺，因為我也常覺得不好意思。」

此刻兩人沉默地走著。

不知何時，企鵝杯冰淇淋的歡樂作用已經消退了。果然不能一次吃太多，雖然有時候確實需要那麼做來提振精神。

送書行程結束前，他們經過朗讀者家。今天兩人的背包裡都沒有要給朗讀者的書。

「他寫的書怎樣？」夏莎問。「你能為這件事寫下皆大歡喜的結局嗎？」

卡爾到現在還沒有讀過半行。

但此刻他感覺到，不能再拖下去了。

卡爾將他那張沉重的單人沙發從落地窗前挪開。今天他既不想在街巷間探看自己顧客的身影，也不想在屋頂和露台間追尋狗兒的行蹤。今天，他就是不想再看到這座城市。那裡面有太多心痛、太令人不安了。

為了接下來能好好閱讀，他為自己準備了一大壺草本茶，還特地為了保溫，把茶壺放在點了蠟燭的保溫爐架上。

卡爾將讀者分作兔子、烏龜和魚三種類別。他自己屬魚，是那種優游於書海中，時而緩慢，時而疾速的讀者。兔子是讀書很快的那類人。他們會很快翻過一本書，但也會很快忘記前幾頁讀過什麼內容。所以這類讀者的閱讀過程中，經常需要往前翻找，進行確認和比對。不過，烏龜類的讀者也常要在讀過後翻閱前面的內容。因為這類讀者閱讀速度慢，往往需要幾個月才能讀完一本書。經常發生一個晚上只讀一頁就不小心睡著的情形。有時候也會發生隔夜又把同一頁讀過一遍的情況，因為他們不確定自己讀到哪裡了。但以上這三種動物，隨時都可能很快變成充滿好奇心的小辮鴴。於是，這樣的讀者會先跳到結尾，把結局先讀完，再回來讀剩下的內容。卡爾覺得，這樣做就好像進到一家餐廳用餐，要求先吃甜點，味道固然一樣甜美，卻失去了在享用一道道豐美佳餚的過程中累積起對餐後甜點的那種渴望，無法享受那種渴望帶來的樂趣。

但不管自己屬於哪一類讀者，只要在打開一本新書的瞬間，都是很特別的體驗。對卡爾來說，這時刻總是令他感到不安。那種不安的感受是，因為不確定書名、封面或是簡介能否符合期待。擔心實際讀過後，發現先前抱持過多期待而失望。也擔心，書中的語言和行文風格無法感動自己。

他還沒讀完第一行，就彷彿聽到朗讀者沉穩的嗓音在他耳邊響起，好像這整部小說是用人們喜歡說的話組成的一樣。書中的每一行都像用耳朵寫出來的——雖然這樣說就解剖學而言是完全不可能的。裡面雖然也有些冷酷的詞句，但朗讀者總有辦法選用那些音調聽來較為愉悅的文字來表達。卡爾不由自主地讀出聲來。這是他以前從來沒有做過的閱讀方式。

閱讀過程中，他一次也沒拿起茶來喝。

卡爾其實同時讀著兩本書。因為書中的主角那位想學探戈的聾啞男人也在暗地裡寫著一本小說。那本小說講述的是一位熱氣球飛行員打造出一艘船艙很大的飛船。由於船艙夠大，飛行員帶齊了所有生活所需的物資，從此無須再踏上地表。朗讀者故事中的聾啞男，在因為舞蹈老師的欺騙而斬斷情絲之際，至少還能讓他筆下的主角飛行員得到幸福，找到真愛，並為珍愛重新降落到地面上。

卡爾想，夏莎應該能接受這樣的歡喜結局吧！

想到夏莎，讓卡爾忍不住微笑了起來。他想念和夏莎同行的時光，甚至可能比送書這件事還讓他牽掛。

卡爾讀完朗讀者的手稿後，內心感到非常幸福又帶有一絲惆悵。因為即便是一本書寫得很好，也在完美之處以最合適的字眼完結，讓人覺得再寫下去就可能破壞目前為止的完美傑作，但同時又矛盾地感到悵然，恨不得能繼續讀下去。這是一種閱讀精神分裂症吧！

卡爾想要讓朗讀者知道，這本書讓他多感動，但他又很疑慮，擔心自己不夠資格提出自己的想法。

但朗讀者應該知道自己的小說寫得多好。

這時卡爾腦海中冒出一個想法，他想，他知道接下來該如何幫朗讀者圓夢了。

Chapter 5

詞語[17]

讓卡爾一直覺得很納悶，為何小說中的天氣會隨著故事主角的心情變化。因為他住的這座城中，天氣才不會管他的心情如何。這天他覺得全身充滿幹勁，但是天空籠罩著一層晦暗灰色，幾滴雨從厚厚的雲層中落下，就那麼正好打在他身上。只是幾滴雨，還不到用傘的時候，他把領口拉高。如果再多下點雨，他就會把傘打開了。現在這雨量令人無所適從，真是討厭啊！

不過這寥寥幾滴雨倒是切合了夏莎的心境。夏莎今天戴著飛行帽，上面還有一副裝飾用的飛行員眼鏡。她把帽子往下拉，蓋住大半的額頭。夏莎這顆小太陽今天帶點悲情的氣氛。

「怎麼啦？」

17 此處致敬法國哲學家與作家沙特（Jean-Paul Sartre，1905～1980）的回憶錄《詞語》（*Die Wörter*）。

「都是可惡的西蒙啦！」她的語氣聽來像在說什麼威力強大的詛咒。

「去吃企鵝杯嗎？」卡爾問。他想起夏莎說過，冰淇淋總是能讓人心情變好。

「不要！」夏莎堅決地回答。

「那……來個兩球冰淇淋加彩虹糖粒呢？」

「可以，」夏莎這次的回答可是毫不猶豫。「但是要現在、馬上去吃喔！」

於是，今天成了卡爾第一次改變送書路線的日子。

皮諾冰店今天提供巧克力醬和彩色糖粒兩種佐料搭配冰淇淋，夏莎兩種都想要。卡爾自己也點了一小球，這當然也是為了讓夏莎不是單獨一人吃冰淇淋才點的。由於帶著盛怒的猙獰面孔無法做出舔冰淇淋的動作。所以夏莎的臉部表情很快就放鬆了。

「妳剛說的那個西蒙做了什麼好事？」

夏莎正好舔了快要流出甜筒的冰淇淋。「我們下課時他突然跑向我，推了我一把。無緣無故就推我耶！害我整個人就這樣跌進樹叢裡！然後我的手臂就擦傷啦！」夏莎伸出手給卡爾看，「就這裡！還流血了呢！」雖然夏莎明知，她跌進桂櫻樹叢裡也就多了三道小小的擦傷痕跡。還有就是，其實西蒙那小子也只是輕輕推了一下，她會跌倒主要是自己的書包太重造成的。不過，正是因為夏莎跌傷，把西蒙嚇了一大跳，當下自覺理虧很快就跑開了。但夏莎總覺得，如果生活中真的要上演什麼戲碼，還是不要這麼戲劇、緩和一點比較好。

「一定很痛吧！」卡爾說。

「當然痛！」

「要我幫妳吹吹嗎？」

「呵！你說得好像吹一下就能不痛的樣子！那可是個傷口耶！」

結果，吹氣減緩疼痛的作用就像和聖誕老公公還有復活節兔子說好一樣，一起消失不見了。

「我覺得妳說的西蒙喜歡妳。」

「因為他推我嗎？」夏莎使勁舔了一口冰淇淋，以表達她對卡爾這個猜測的不滿。

「真的！男生都這樣。因為這個年紀的男孩子還不知道怎麼跟女孩子好好說話。」

「那他們還滿知道怎麼去推女生的嘛！」

「確實。這方面甚至有個專業術語，叫做：『消極接觸』，是有科學根據的呢！」

「就算是這樣，西蒙還是很討厭！」夏莎說著，咬了一口甜筒。甜筒發出清脆的響聲。

卡爾發現，在夏莎這年紀的女孩子，「討厭」和「男生」這兩個詞幾乎成了同義詞。「到他們變成男人之前，」卡爾附和說：「男生都很討厭。」他沒說的是，如果運氣不好，他們長大後也可能變成討人厭的男人。

「不然，我們去找西蒙，也把他推倒在地好了？」卡爾問。

剛聽到時，夏莎瞪大眼睛盯著卡爾看了一下子，接著馬上就大笑出聲，嘴裡的甜筒碎屑也跟著噴了出來。夏莎笑了好一會兒才平復下來。「不了。我才不要像他那麼討人厭。我現在只想好好送書。」

接下來送書給孤挺花修女的整路上，夏莎不斷數落西蒙的不是。而且越講越想到其他發生過的事就越來氣，比如，西蒙曾經在夏莎的筆袋上面畫過一個討厭的笑臉、把她的書包藏起來（更可惡的是，竟然藏在他自己的書包旁邊！），而且體育課時，完全不問夏莎的意願，就直接把她加入自己的團隊裡，即使夏莎的躲避球玩得很爛。看來，這個西蒙還滿了解夏莎的呀！夏莎不解，自己到底是對他做了什麼、惹到他了。她又想到，兩人在幼稚園時明明還一起玩扮家家酒玩得好好的呀！那時候，不是拿一隻獅子布偶就是拿一個有招風耳的洋娃娃充當小孩。

這次孤挺花修女又訂了一本內容有很多流血場面的驚悚小說。卡爾額外準備了一本探討「居住權」的法學專書做為送給她的禮物，指望著說不定她能在裡面找到哪一個法條能讓她繼續住在修道院裡面。就算找不到有幫助的法條，卡爾還是會繼續為她捎來麵粉和蠟燭。

下一個要送書的顧客是長襪太太。今天一按門鈴，她馬上就來開門了。「是你們呀！等一下下喔！」她消失在門後一會兒。再回到門前時，不只原本散亂的頭髮已經紮好了，手上還高高舉著那本《找不同》。

「我都找到啦！」長襪太太打開書，指著幾處用紅筆圈起來的地方。「甚至還在後面的附錄找到幾個錯誤。說不定這樣還有額外加分呢！」長襪太太說完，抿嘴一笑。「這次一定要再說一次謝謝。我已經很久沒玩得這麼開心了。你們知道嗎？我多希望有學生可教。尤其是那些資質不好的學生，我特別有辦法教他們。」

其實，卡爾腦子裡已經醞釀一個想法有些時間了，而現在這個想法是越來越具體了。

卡爾轉頭對夏莎說：「妳能幫我一個忙嗎？」

「當然啦！」

「但這次妳幫忙，可沒有冰淇淋吃喔？」

「反正我剛吃過了，」夏莎咧嘴一笑。「但是能讓你開心的話，我也願意再多吃一份！」

「妳趕快跑去海克力士家，看他在不在。如果他在，再幫我確認一下他是不是會留在家裡一陣子。我的意思是，幫我確認他短時間內不會上街買東西或是去健身房。確認之後盡快回來告訴我情況。快去吧！」

夏莎聽完點點頭，就馬上跑開。這期間，長襪太太又講了她今天的錯別字「『滴』面樓層」。能為一些有意義的事而跑，感覺滿好的：步伐因為有動力加快了不少、心跳也加速了，更重要的是有了一路大喊「借過！」的正當理由。可惜離海克力士租住的地方距離不夠遠。抵達後，夏莎沒多想就按下門鈴。

「喂？誰在按門鈴嗎？」從對講機傳來聲音。

「我是夏莎，和送書的寇洛夫先生一起來過的。」

「我今天沒訂書呀！」

「你在家嗎？我是說，你會待在家嗎？」

「嗯……會吧！有事嗎？」

「你不會去健身房或出去買東西吧？」

「夏莎？還在嗎？」

「我在，請說。」

「妳為什麼問那些奇怪的問題啊？」

「你就回答是或不是就好了！最好是回答是啦！」

「我今天哪裡也不去，不會再出門了。」

「太好了。謝啦！海克力士。」

「海克……妳說誰呢？」

這時夏莎已經離開了。夏莎回到長襪太太家時，長襪太太正想穿上大衣。她的手好幾次搆不到袖子，讓她顯得很焦躁不安。

「要去的地方不遠。」已經詳細說明過情況的卡爾鼓勵她說：「如果順利的話，以後一定是他上門到您這裡上課。」

卡爾打開雨傘，「這樣感覺就不會那麼恐怖了，對吧？」

長襪太太抬頭望到不斷延伸、無邊無際的天空，馬上感到一陣頭暈眼花，隨即又察覺到卡爾正用他的手撐著她的上臂。長襪太太已經太久沒踏出過家門了，久到此刻的她就像個剛要試著踏出人生第一步的小小孩一樣。到底她上次踏出家門是什麼時候呢？其實，完全不到外面這件事完全不在她的人生規劃之中。可是就這樣從日復一日，一不小心幾個星期就過了，然後就變成經年累月出不了門。而且時間久了，對於離開這個令人心安的避風港，內心的恐懼就越來越大。好歹這個家也以幾面牆和屋頂保護她不受外面世界的影響。

但是現在事關一個新學生。送書人卡爾明白告訴她，她現在是這個新學生唯一的機會。

在她人生中，再也沒有比為此踏出家門更好的理由了。

她顫抖的雙膝只是稍有緩解，並未完全平靜下來。卡爾緊握著長襪太太，給了她安全的感受。此外，又有個小女孩在她前方蹦蹦跳跳地跑，也讓她不再那麼害怕。不久後，又有一隻貓加入他們的行列，還不時發出像小狗的吠叫聲。長襪太太覺得，一定是自己聽錯了。

夏莎再次按了海克力士家的門鈴。

「喂？有誰在按鈴嗎？」對講機傳來的聲音問道。

「又是我，夏莎。這次寇洛夫先生也來了。」

「我今天真的沒訂書吧！」海克力士笑說。

卡爾躬身對著對講機說：「我今天來是有別的事。想請您幫個忙。」

對講機傳來一陣沙沙聲，接著是：「那好吧！你們上樓吧！」

上樓後，海克力士已經等在樓梯口。

「感謝您特別抽出寶貴的時間。」卡爾說。

「肯定要的啊！只要是您，我隨時恭候大駕。」

「這位女士是……」哎呀！卡爾在腦海裡稱呼長襪太太很久了，以致於一時之間想不起人家的名字，即使每次按門鈴前都會看到，但那塊名牌彷彿正好在視線的盲點上。

「我是朵樂蒂亞．希勒斯海。幸會！」長襪太太說：「有些朋友會叫我長襪太太。」長襪太太說完看了卡爾一眼，卡爾轉而看向夏莎，小女孩則是把視線往下看著地板。

眾人移步到廚房，海克力士為他們倒了茶水。

「有我可以效勞的地方嗎？」海克力士坐下來一起喝茶時問道。

「我是小學老師。」長襪太太先開了口。

海克力士一聽，像個即將迎來對手重擊的拳擊手般皺起眉頭。

「我有個學生是文盲，不能閱讀也無法寫字。」

海克力士清清嗓子說：「我不知道能幫上什麼忙。我在火車站工作。」

「我現在遇到的問題是，這個學生聽不進我說的話。其實我為他想出一套很好的方法，可以讓他學會閱讀和寫字。可是我已經老了，雖然心境還很年輕啦！但是這個學生就是覺得我……不夠酷。所以我需要有位能讓他覺得酷的對象幫忙。我這個學生非常崇拜一個肌肉像雄偉山脈一樣的綠皮膚動作片主角。我跟寇洛夫先生提到我的問題，於是他就想到，這件事或許可以請您協助。」

「這……」

「在做法上，當然我要先用我想出的這套方法教您，您才能教我這個學生。放心好了，我不會讓您在毫無教學經驗的情況下上場教學。只是準備工作可能比較麻煩，因為我們必須把所有字母從頭到尾學過一遍，因為我為每個字母想出專屬的口訣。」長襪太太看向正緊張地搓著自己手指關節的寇洛夫先生，又繼續說道：「不過如果您無法幫我的話，我也完全能理解。整件事情來得這麼突然，再說，您肯定也很忙。只是這一切都只是為了這個學生，希望您諒解。我很喜歡這個學生，他其實是個好孩子，只是很可惜，從來沒有人用對方法教會他讀寫。我也只是不希望，他未來的人生路因此走得不順利。」長襪太太拿起面前的水杯喝了一口水，同時希望自己剛才這一番話不會說得太誇張，或表現得太明顯。

「或許您可以訂做一套高級英雄的服裝道具，」夏莎說：「然後你就能變身字母隊長或是ＡＢＣ超人。這樣的話我都想讓您上課了！」

海克力士深吸一口氣，「我必須說，」又一個深呼吸，「您這個想法簡直太好了！如果這時候我還拒絕，我不就成大混球了嗎？」海克力士舉起結實的手臂，說道：「沒問題！我願意配合。只是，為了能確保完全理解無誤，我可能會提出很多問題喔！那您就像教您那個學生那樣教我吧！我做事的原則是，決定要做的事就要全力以赴。能教孩子認字我覺得太棒了！」

這時卡爾要努力忍住才不至於笑出來。夏莎是不管三七二十一，想笑就笑。至於長襪太太則是激動地握著海克力士的手，像在做什麼健身操的樣子。

和夏莎一起緩步下樓時，卡爾說：「明天一早我還需要妳幫忙。可以幫我問問妳父親，能不能讓妳來嗎？」

「我當然可以來。反正他都比我早出門，他不會管這些的。」

「明早要做的事可能讓妳上學遲到，可是我想不出其他辦法了。」

「反正明天早上頭兩堂是體育課，西蒙又只會在體育課上對我推來擠去的。」

「不過也不會耽誤太久。只是如果妳以後想成為職業運動員的話，最好還是不要沒去上體育課。」

「才不要，我沒想當運動員。」

海克力士買了一瓶小酒，打算和長襪太太一起為兩人即將開始進行的共同計畫舉杯慶祝一番。

卡爾彎下腰對夏莎說：「妳以後想當什麼？」

「我不知道。」

「我以前想當市長。」

「我不要。我組織能力不好。去年我們為流浪動物之家舉辦了一個園遊會，規定每個人要負責一個攤位。我負責賣檸檬水。用真的檸檬做的喔！我的攤位上有張桌子，上面是塑膠桌巾，桌上有很多玻璃杯。對了，當然還有檸檬這些東西。然後，我是全部的人裡面唯一一個什麼都做不好的人，大家都取笑我。所以我以後再也不要做什麼需要組織安排的事了！這一輩子都不要了！」

「可是送我的顧客書這件事，妳安排得很好啊！」

「那只是為每個人挑一本書。再說了，全部的書都是我從舊書店那裡找來的。稱不上真正組織安排什麼事。我希望能做組織安排其他事的工作。我想成為受雇員工，像你一樣。」

「可是，是哪裡的受雇員工呢？」

「哪裡都沒關係。重點是受雇員工！而且那個地方做的事和檸檬沒有關係。」

鬧鐘響前卡爾已經醒了。他又看了一眼時鐘，因為過去從來沒有發生過這樣的情形。何況他今天竟然提早大半個小時起床。他沒有轉身繼續睡，而是跳起身來——用「跳」這個字眼，當然是以他的標準來看——他充滿活力地離開被窩，提早為這特別的日子做準備。這時的卡爾，尤其需要壓抑自己亢奮的情緒。

昨天他給貝希特街上的托塞多捲菸廠打了電話，假託自己是城裡日報社的記者，想要訪問工廠裡的朗讀者。為了有足夠勇氣打這通電話，撥電話前他特地喝了半瓶法蘭克地區產的希瓦娜白葡萄酒。果然，酒精的作用讓他說話時無法維持穩定的聲調，幸好捲菸工廠的女老闆也沒發覺奇怪之處。八成是她覺得做記者的人都有點酒癮是很正常的事吧！卡爾向她詢問捲菸廠開門和朗讀者上班的時間，還了解了朗讀者是否會自己帶書，以及女老闆本人是否會在場等瑣事。最後確定，女老闆明天會在現場，至於朗讀者要讀的書慣常都已經擺在講台上。另外，場裡的員工八點開始上工，朗讀者上班的時間則要晚上半個小時。

看來一切都沒問題了。

早餐時，卡爾好幾次盯著自己夾好的麵包看，一副生怕有人偷換了他的麵包似的。但其實，今天的早餐抹在每天吃的黑麥麵包上的奶油份量和平日一樣多，用的也是卡爾習慣購買的中度熟成高達起司。但不知為何，吃起來味道就是不一樣了，就連那杯淡味的研磨咖啡喝起來味道也不同於往日。這款混合咖啡豆自從開始在市面上販售以來，卡爾就固定只買這一款，未曾改變過。但在卡爾的印象裡，這款咖啡的味道從來沒像今天早上喝來這樣香醇美味。今早的麵包也是，起司是起司、奶油是奶油，麵包本身更是濃厚的黑麥香氣。那感覺，就好像他今天才第一次認真去體會這些成分的滋味似的。他甚至做了第二份來吃，純就為了貪戀這份好滋味。

把外套從衣架上取下時，他注意到放在玄關櫃上的一疊書，這才想起這一疊是要帶回圖書館去還的書。都是些童書，他希望能在這些書裡面找到夏莎的身影。因為夏莎一直希望自己能有個像自己的書中角色，但是卡爾就是想不出一個。書裡面找不到一個和夏莎相仿的女孩子。可能是因為夏莎這個名字太新了，也或許是因為卡爾太熟悉夏莎的脾性了。書本裡角色的名字總像是件緊身衣，因此當一個人的性格有了具體的形貌後，這些性格就會把這件緊身衣撐破。這就好比，一旦蝴蝶破繭而出，就不能再把牠塞回蛹殼裡面的意思一樣。但卡爾知道，自己會繼續為這個總是相伴左右的小女孩尋找相配的書中角色。

就在卡爾踏上自家門前的人行道時，他不禁想起長襪太太——想到長襪太太面對原本已經變得陌生的外界，昨天終於跨出去了——卡爾現在也是完全相同的感受。這裡是他熟悉的城市，他甚至認識這兩平方公里大的老城市區裡面的每一塊路磚，然而，這裡又不是屬於他的城市，因為他認識的只是這個城市的一種樣貌而已。他從來沒有在早上九點前踏進這座城市裡面，也從來不會到了晚上九點還駐留在這座城市之中。在卡爾不在這座城市裡面活動的時間裡，他不知道這座城市都會發生什麼事，他不認識在街上行走的人，無論是這些人的聲音或是這些時間點的動靜，他盡皆一無所知。

這個清晨，走到捲菸工廠途中，他得以用全新的眼光觀察這座城市。

卡爾在離目的地還有兩百公尺處停下腳步。

他終於走到要穿過外環道的紅綠燈旁。這座城市的外環道是四線車道，這裡意味著他活動的世界的盡頭。他沒有馬上按下路口的行人通行鈕，而是看向那座他已經看得到、位於無形邊界另一頭的捲菸工廠。

夏莎就站在那裡對著他揮手。只見她不停地揮手。在卡爾眼中，夏莎每揮一下手，就像用一條繩子，把他往她的方向更拉進一步一樣。在紅綠燈變換過三輪後，他終於按下行人通行鈕，跨過那條無形的界線，往捲菸廠走去。

他終於離開自己的那座小島，因為這座小島有一部分已經離岸了。

夏莎焦躁地將身體的重心來回擺放在兩腳上：「現在你可以告訴我，為什麼要我來這裡了吧？」

「因為妳很關鍵。」卡爾說。

「什麼意思？」

「從現在起，妳就當自己是朗讀者的姪女。今天來想給他一個驚喜。」

「怎麼不說你是他叔叔呢？」

「因為像妳這麼可愛的小女孩說出口的話，一般人不會拒絕。但對像我這樣奇怪的老男人說的話可就不一樣了。」

「我已經不小了！」

卡爾環顧四周，生怕有人正在偷聽。在他繼續說話前，甚至還檢查了工廠的一扇窗子，確認那扇窗是不是開著或是沒關好。「妳就說，妳叔叔為工廠的員工寫了一本書。但是寫完後，又沒勇氣念給大家聽。妳要說，如果叔叔能把自己寫的書念給大家聽就太好了。所以妳想把叔叔寫的書放到講台上，同時把原來放在台上的書拿走，這樣他到時就別無選擇，只好念他寫的那本書了。以上妳要說的這些大部分也確實是實話。」

「當然囉！除了說謊的部分以外都是實話。」

「有時候我還真希望妳年紀再小點，更好哄。」

「放心好了。我會去做，只不過是用我的方式去說。」

「這樣啊！那我就不知道是否……」

「我會說，因為我們家庭聚會要慶祝叔伯節[18]。我們家的習慣，在那一天都會為叔叔和伯伯做些令他們開心的事。」

「妳這個說法……果然更好。」

對夏莎來說，今天也是一種世界觀的轉變。過去她從來不知道，原來世界上還有這樣專門製造菸品的場所。在工廠入口處的深色扶手沙發旁擺了幾個大小不一的雪茄盒，這些雪茄盒看起來難免讓人以為裡面放了什麼閃亮亮的首飾。但走近一看才知道裡面淨是令人看到就沒胃口的棕色香腸。再往內還有幾個展示櫃，裡面有看起來很高級的雪茄剪菸器和外殼閃閃發亮的打火機。整個空間聞起來有混雜著泥土的香辛味，而且光線昏暗，另外有外頭的光線從原木百葉窗的窄縫中投射進來，陌生的語言哼出的曲調流淌其中。夏莎可以感覺到，因為發現自己驚呼連連而停下腳步，使得卡爾現在必須小心翼翼地推著她往前走。

18 每年七月二十六日。

此時一個深髮色的女人走進來，她的膚色如同牛奶巧克力般。她說話時像是用了比實際需要的更多捲舌音。她是捲菸廠的老闆梅塞德斯·黎盟施耐德，一半古巴血統，一半德國血統。這座工廠雖然有一半是她的夢想，但另一半卻是她的惡夢。比起陶醉在吞雲吐霧中，現代人更喜歡活得健康一點。黎盟施耐德卻抱持著截然不同的生活觀，享樂在她的人生中占有非常重要的地位。她認為，其他人也可以看到她的這一面，而不該限定只有纖瘦的女性才有資格穿低胸緊身的洋裝。

夏莎把編好的故事跟這位女老闆講了一遍，但過程中夏莎完全不敢直視她的臉，而是直盯著寬木板搭成的地板看。

夏莎說完後，黎盟施耐德撫著夏莎的深色鬈髮說：「真是個好主意啊！那好，妳跟我來！」才走了幾步路，她轉過頭問夏莎：「妳今天不用上學嗎？」

「今天一早的兩堂不用上課，布呂克納老師生病了。我想，她應該是懷孕了。」夏莎知道，多點細節能讓謊言聽起來更有可信度。

黎盟施耐德把一牆厚重的酒紅色簾幕推到一旁。原來簾幕後的廠房擺了有二十張桌子，這時的動靜，讓圍坐在桌旁的男男女女都面容親切和善地抬起頭來。每個人前面有塊讓他們在上面捲雪茄的木板和一個放有菸葉的紙盒。另外還有圓弧形的切刀、小剪子、置放捲好的雪茄的槽架和一些其他工具，但最重要的仍是工人的一雙巧手。捲菸工人的手必須柔軟有彈性，而且捲菸工人不僅要手工靈巧，還要有精準目測取量的能力。只有正確施力捲好的雪茄，之後才能讓人吸得到穿過菸葉的煙。

前方就是放著朗讀者最近在讀的書的講台。夏莎悄悄走近，把講台上面那本《魯賓遜漂流記》放進自己的背包，再把朗讀者寫好的未公開手稿放到講台上去。

「那我們可以走了。」卡爾說。

「我想等他開始念了再走！」

「不了，妳現在必須到學校去。」

黎盟施耐德就站在卡爾身旁。「我以為這孩子今天頭兩堂沒課。」

卡爾雙唇僵硬地微笑道：「是沒錯，可是從這裡到學校還有一段路。我的腳現在沒那麼利索了。」

捲菸廠的女老闆走到夏莎身後，一雙手搭在她肩上說：「您就讓小孫女高興一下吧！這個時間點上，他應該隨時都會出現。你們最好躲在後門那裡，不然他會看到你們。」

就在兩人退到讓人看不到的陰暗處時，朗讀者正好踏入廠房和在場的每個人握手，期間不發一語。他除了脖子上掛著一條紅色的圍巾外，全身上下的穿著以當下的時令來說也都太暖和了。看得出來，他已經想盡量避免任何感冒的可能，卻還是沒有成功。

「他馬上就要走上講台了。」夏莎按捺不住一股緊張的情緒，輕聲說道。

「噓！」卡爾作勢噤聲。其實他自己也一樣緊張，但他努力不想被人察覺出來。

朗讀者終於走到講台前，看到台上擺的是自己的手稿，一下子就愣住了。他馬上回神環顧四周，試圖找到卡爾的身影，畢竟卡爾是唯一一個他給過這份小說原稿的人。到處都看不到卡爾後，他只能走回講台，拿起小說原稿。想著或許《魯賓遜漂流記》會在原稿下方，又在附近地板上找了一圈還是找不到。雖然怎麼想都覺得這是不可能發生的事，但最後還是必須承認，書本已經不在原處。

捲菸廠的女老闆這時走向朗讀者。「都還好嗎？」

「我的書不見了。有人來過這裡把書拿走了嗎？」朗讀者轉頭又向廠房裡的捲菸工人問了一次：「有誰拿走我的書嗎？」

一時間，所有人看向黎盟施耐德，這位女老闆則在一旁輕輕搖頭示意：「可是您的講台上，不是放了什麼東西嗎？難道那不是您的嗎？」

「不……我是說，沒錯，但……」

「那您就讀講台上的東西就好啦！大家都在等您了。再說了，就算您只是拿出電話簿照著念，大家也都會聽得津津有味，因為您的聲音太迷人了。」朗讀者對捲菸廠這位女老闆來說很有魅力，或者更確切地說，是他的聲音對她有很大的吸引力。她恨不得每天下班後都把朗讀者領回家，讓他坐在家中的椅子上為自己念整晚的書。很長一段時間以來，她常暗地裡自問，如果這副低沉又溫暖的嗓音能在燭光下就著一大杯紅酒為她念情色文學的片段，該是多美好的事。

黎盟施耐德把手放在朗讀者手上，為他打氣。她也想聽這部小說寫些什麼，不只是因為其中可能有情慾的內容，而且故事主角是個混血的古巴女人。

「可是這並不適合……」

「您念就是了。拜託了，我想聽。」

朗讀者用求救的眼神看著她。心想，要他讀自己的小說稿，他還不如真的讀電話簿，或是任何貼在雪茄菸包裝上的標籤，甚至要他馬上把這些標籤上的文字翻譯成塞爾維亞克羅埃西亞語再念出來他也願意。可惜黎盟施耐德對他眼神中的求救訊號視而不見，還刻意比平時更大動作的扭腰擺臀走進辦公室去。

朗讀者只好小心翼翼地翻到寫著書名的內頁，好像他的小說原稿非得先以如此溫柔的方式才能喚醒一般。

「無聲的探戈，」朗讀者開始念：「從……」他念出聽起來像兩個音節的詞，但即使他是經過發音訓練，已經能完美掌控尾音的音調，此刻仍然沒有人能聽懂他含在嘴裡的聲音。

他的聲音一下子細得像是只有寥寥幾根紗織成的線。他試探地念出第一個句子，彷彿在檢查每個字是否牢固地鑲在自己的位置上。卡爾和夏莎一口氣也不敢喘，因為兩人自知，是他們讓眼前這個親切的好人陷入如今這樣困窘的處境。

幸好，隨著每個字順利地來到這個世界，隨著每個念出來的句子沒有讓人無聊到打哈欠，或是在出錯的地方爆出笑聲，朗讀者逐漸得到自信，並且因為這股自信，他也逐漸在讀出自己寫出的字裡行間感受到樂趣。

卡爾和夏莎領教到朗讀者散發出來的魅力。

兩人也都看到辦公室裡的黎盟施耐德露出欣喜的神色。

廠房裡面的工人也都停下手邊的工作傾聽著，因為他們都感受到此刻有些特別的事發生了——

一場全球首播正在托塞多捲菸廠上演！

還有一個重新找回自己聲音的男人。

「妳真是幫了大忙啊！」卡爾說：「其他的暫且不說，就在剛才，妳完全拯救了一位作家的寫作生命。」

卡爾和夏莎靜悄悄地離開捲菸廠，因為兩人都不想打擾朗讀者此刻正沉浸在誦讀的幸福中。一股幸福感，也在卡爾不知不覺中，以他年邁的身體還能承受的程度湧上他的心頭。卡爾在大教堂廣場上懇切地與夏莎道別後，夏莎隨即快速地朝學校奔去。為了慶祝這一天，卡爾給自己買了一瓶烏茲堡名產區的希瓦娜白葡萄酒——並且在下午時分就來上那麼一口。然後開始讀起英國作家亞倫・班奈（Alan Bennett）的小說《非普通讀者》（*Die souveräne Leserin*）。這是一本大作家寫的小書，他每年只准自己讀一遍，而且每次展讀都像是美食家吃到那年的第一口蘆筍一樣充滿期待。

到目前為止，這是卡爾這一輩子裡面最美好的日子之一。只是，像是上天要警告人不要因此自大自滿一樣，有時候人一次享受太多好運就難免遭到上天的嫉妒。晚上到城門書屋時，莎碧娜請卡爾到辦公室談話。進到辦公室，卡爾找了位子坐下，莎碧娜卻維持站姿。

「我一定要跟您說件好事。」卡爾開口，想要和莎碧娜分享今天早上發生的事。他以為，她聽了一定會為書店帶給人群的幸福力量而感到開心。

但莎碧娜顯然完全沒想聽卡爾說的話。「在您從別人那裡得到消息前，我想先由我來告訴您：安葬儀式預計以最小規模的形式舉辦，只開放最親近的家人參加。我想，這也是父親想要的。所以在正式的葬儀結束前，請您先不要到墓前悼念。另外，我們也不收弔唁花圈。」

「可是全城裡的人一定都想和顧斯塔道別！」這時卡爾再也坐不住了。「到時墓園一定會到處擠滿人，而且顧斯塔珍愛他的每一個顧客。」好吧！就算不是全部，但也是大部分。沒有人能愛所有人，即便像顧斯塔這樣充滿幽默的人也做不到。

「這是他的遺願。」

「我不信！」卡爾不小心脫口而出。

「所以您認為我在說謊嗎？」

「沒有。」卡爾搖搖頭。「我只是想，應該是您誤解他的意思了。」

「但是在我聽來完全不是這麼回事！這次談話就到此結束吧！以後您要怪我前，最好先想清楚再說。」說完，莎碧娜獨留卡爾一人在辦公室。此刻的卡爾也感到在這個他心所屬的書店裡未曾感受過的孤立與孤單。

之後的日子，他更孤單了。在人來人往的大教堂廣場上，往常夏莎會來這裡與他會合。但是近日卡爾在這裡等了很久，等到甚至在廣場各個角落找她，甚至喊她的名字，希望引起她的注意。但最後他還是必須獨自走完送書的行程。他也刻意走過那些當日沒有訂書的客戶家門前，想著，夏莎會不會在達西先生家、艾菲小姐家或是朗讀者住處等他？卡爾甚至探頭往那些總是讓他感到害怕的暗巷裡窺看，然而到處都不見夏莎。今天狗兒也沒出現。上次卡爾沒有餵牠吃小點心，或許狗兒因此就不喜歡他了吧！

當卡爾在走回大教堂廣場時，依舊不見夏莎的蹤影。

有些人傷心的時候就吃不下東西。而卡爾在第二天就讀不下任何東西。他像進入自動模式一樣吃東西，但是閱讀這件事他就無法調到這種模式下進行。他試過幾次，因為閱讀能將他的思考帶到另一個世界，但是如今他的思考像是牢牢繫住此時此地。卡爾已經不記得，自從認識那些字母串在一起的字之後，有哪一天完全沒有拿起書來讀。但閱讀是一種有獨立意志的活動，勉強不得。

晚上卡爾到城門書屋時，從外面隔著玻璃窗看到莎碧娜和一個穿著連身工作服、神色激動的男人說話。莎碧娜看來正試圖安撫那個人的情緒，結果不僅沒有成功，還反而得到反效果，只見那個男人咆哮了起來，聲音之大，讓窗玻璃都為之震動。在書店裡面，這類情緒激動的場面非常罕見。雖然書架上的小說裡面可能有成千上百這類場景，但現實中卻不曾真正見到過。

那個男人離開書店後，轉身想要甩門，想藉此讓門發出砰的一聲，卻沒料到，門一如既往輕緩緩地闔上。

卡爾搖著頭踏進書店裡。進門後的鈴聲都還沒完全停下來，就被莎碧娜請進辦公室。進到辦公室後，莎碧娜沒有直視他的眼睛，也沒有面向他。

卡爾還沒找到機會坐下，甚至來不及喘一口氣。等到辦公室只剩下兩人時，莎碧娜只說了比一整部小說都還要有衝擊力的五個字。

「你被開除了！」她的聲音透露出氣到發抖的情緒。

「什……什麼？為什麼？」

「我無須也不想找理由。」莎碧娜站在她專屬的辦公桌後方，彷彿這張辦公桌是她的防護牆。

「什麼時候開始？」卡爾問道。雖然他早有預感，也害怕這一天的到來，但沒想到會來得這麼快。卡爾感到一切都太不真實了。

「馬上。幾個你負責的客戶，我現在就會去電通知他們這件事。」

也就是說，在服務這些顧客多年後，現在他要像一本句子沒有結束就進入完結篇的書一樣默默消失。卡爾心裡想著：不可以！不應該是這樣！

「今天請讓我親自做這件事吧！拜託您了！」由於莎碧娜沒有回應，他趕緊又說：「之後我也不會給您製造麻煩，我會跟其他同事說，我個人也支持這項決定。甚至，如果您想要我對外說是我自己辭職的，我也沒意見。」

莎碧娜沒有回答，只是點了點頭，然後伸手指著門，示意卡爾離開她的視線。

卡爾做為賣書人的身分就這樣結束了。

當人知道自己正在最後一次做某件事情時，這件事最簡單的步驟也會自動顯得特別。過去卡爾從未如此仔細地為包裝紙摺角，也從未如此精確地對齊每個摺邊。卡爾特意把艾菲小姐的書放到最後才進行包裝。他像為嬰兒包尿包一樣細心溫柔地包裝那本書。包裝完後，拿在手上，感受這本書的重量竟是如此輕盈。書裡明明講述了某人的一生，掂量起來卻只有少少幾百克重。

卡爾把書放進背包時，幾乎停住了呼吸。他是個多蠢的老人啊！他明明知道在書店的工作會有終止的一天，但他仍抱著那天永遠不會到來的期待。他也知道自己有一天會死去，卻總是無法想像。而且，過去已經有幾十年時間可以讓他習慣這個想法。只是，人對於特定某些事情，似乎需要再多點時間。或許幾千年才夠吧！

卡爾環顧了這間沒有開窗、到處堆滿東西的辦公室。這裡堆放著出版社的目錄、等待回收的淘汰書本，櫃子裡還有早就過期的新書宣傳海報。這個辦公室一直以來對他來說都像個溫暖又安全的巢穴般存在著。

他從後門走出去。

今天他又等不到夏莎。只不過，這次他沒有等太久。因為今天沒有夏莎的陪伴也沒關係。如果夏莎在，所有的事情都會變得更困難。夏莎不會讓他像對待不速之客一樣對自己悲傷的情緒視而不見。卡爾希望，自己能背著裝滿書的背包像平日一樣順利走完最後一次的送書行程，就當是又一個在過往每個日子中都會發生的送書行程。一個沒有憂傷相伴，只是日常生活中平順而令人安心的例行公事。卡爾的步伐既沒有變快，也沒有降速。當他按下這天第一響門鈴時，他也毫無遲疑。達西先生是他最後一次送書的第一站。卡爾樂見這種情況，因為達西先生會很冷靜地與他告別，如同卡爾在他身上看到的英國紳士風範一樣的做法。

在他還沒有察覺到時，眼淚已經奪眶而出。在顯微鏡下，因為情緒反應而落下的淚水，和受到強風吹拂或切洋蔥這類為了防止眼睛過於乾燥或是受到外物刺激而反射性流出的眼淚，看起來不同。即便如此，眾所周知除了人以外，其他動物不會有哭泣的情況發生。也就是說，哭泣、落淚是典型的人類行為。無論一個人出身何處、說的是什麼語言，只要是人類，都會哭泣。就這個觀點來看，卡爾在過去好幾年來根本忘了哭泣這件事，所以那麼多年裡面他都不是以真正的人的方式活著。

在達西先生打開厚重的門時，這個想法在卡爾的腦海中一閃而過。

「寇洛夫先生，您還好嗎？怎麼看到您在哭？」

「噢！是嗎？」他用手抹去眼角的淚水，驚訝地盯著濕潤的指尖說道：「還真有這麼回事。」

「有什麼東西飛進您的眼睛了嗎？」達西先生非常希望卡爾能順著他的問句回答，因為對於用話語安慰別人，他完全缺乏經驗。

「哎呀！我的淚腺有點問題。」為了不正面回答問題卡爾說道。他接著從背包拿出達西先生訂的書，用顫抖的雙手把書遞出去。

「今天的書包裝得特別工整呢！」

「剛好有這個興致。」

「每次看到您來，拿到新的書，總是覺得這就是個好日子！每次打開一本新書，都像在認識一位新朋友。」說到這裡，達西先生看了看附近，「說到朋友，今天夏莎怎麼沒有陪您來？難道上次在我花園裡看花鐘太無聊，所以她再也不想來這裡了嗎？」

卡爾一點也不想思考這個問題。「對了，您喜歡上次那本《傲慢與偏見》嗎？」

「相當精采！我把那本書前前後後讀了三遍，這幾天我完全沉浸在書中的情境裡。您知道為什麼嗎？」

「我想是因為故事寫得太好了吧？」

「這也是原因之一。但最主要是因為我在其中一個角色裡面看到我自己。」

「是嗎？」

「嗯！就是那位賓利先生。當然，我是年紀比這個角色大了些，但除此之外，我們有非常多共同點。當初您選這本書送我，肯定是知道這些相似之處，對吧？」

卡爾露出疲憊的笑容，「人知道什麼和人自以為知道什麼，有時候完全是兩件事。」

「您想要進門來聊一會兒嗎？我們可以好好聊聊這本書。」達西先生熱情地敞開大門。

「可惜時間上不允許，今天我還要帶書去給很多人。下回有機會的話，樂意之至。」卡爾沒說出口的是：如果您還願意和一個離職的賣書人聊的話。「我還有些事必須知會您。」卡爾深吸了一口氣，「以後……」

「您請說。」

卡爾感到口乾舌燥，內心一陣淒苦，宛如他的世界已經乾涸了一樣。

「您要來杯威士忌嗎？」

「以後……」卡爾又開口說道，同時閉上眼睛，想要跳過。「以後……」他的喉嚨像是卡住了、聲帶緊繃，整個身體像在反抗似的。卡爾終究還是沒能說出真相。

他放棄了，最終還是躲進謊言裡。

「以後，我一定會找到時間和您聊這本書。誰知道，這一輩子還有多長呢？」

「寇洛夫先生，您生病了嗎？」

卡爾注視著達西先生好一會兒。「我唯一的病就是人老啦！我要繼續送書去了。您保重！」

達西先生將手搭在卡爾的肩膀上，這是他以前從來沒做過的事。「寇洛夫先生，您也保重。我衷心祝福您。」他雖然不知道，卡爾在擔心什麼，但他卻感覺到有什麼事情不對勁。不過，由於達西先生自己也是個不喜歡被人強迫開口說話的人，所以既然卡爾不願意說，他就不再追問。最後達西先生只是把寫在紙條上的一批訂單交給他。

卡爾走了，微微低著頭，彷彿有一隻大烏鴉坐在他的頭頂上。

「我真是太軟弱了，」卡爾對不在身邊的夏莎說道：「竟然以為在真相面前，自己還可以藏起來！真相啊！那可是一隻偵察犬，最終還是會找到我的。」

又過了一個彎後，狗兒出現了並以汪汪吠叫迎接他的到來。卡爾心想，難道是這個小傢伙有什麼話想對他說嗎？

「小傢伙，你好啊！」他摸摸狗兒伸向他的頭。「比起真相，你是可愛多了！」卡爾拍拍空蕩蕩的口袋，「可惜今天沒有帶點心給你，還以為你不會再出現了呢！」

狗兒還是陪在他身邊。有那麼一瞬間，卡爾覺得自己不是住在一座有幾千居民的城裡，以為自己住在鄉下、住在只有他知道的小村子——一個喜愛閱讀的人專屬的村子、一個閱讀村。那個村裡的房子乍看之下沒有直接連在一起，但實際上那些房子的排列就像一架手風琴，屋脊和屋脊之間隔得老遠。每當有人彈奏手風琴時，把裡面的空氣擠壓出來，這時候它們馬上就會整齊地排好。在他的行程中，房舍和居住其中的人之間的空間都失去了意義。現在不管他必須走兩步路或是上百步路，對他來說，都已經沒有差別了。這些房子本就是在一起的。然而，就連閱讀村的村民也不知道這些房子相連的事實。只有他知道。

接下來的行程中，卡爾面對其他客戶，就像在達西先生那裡的情況一樣。到了艾菲小姐家門前，門鈴又正常了。她完美無瑕的臉上，一雙眼睛像布滿烏雲一樣憂傷。在長襪太太那裡，聽她說到「現代『魯』火」。在浮士德博士那裡，看到他已經把夏莎送的世界小狗年曆掛起來了。年曆上的小狗看起來已經完全沒有了狼性。海克力士在廚房餐桌旁，像人類初次發現字母似地，興高采烈地為卡爾解說了字母 A 到 D。今天孤挺花修女告訴卡爾，連環殺人犯的故事是她的最愛。尤其是如果這些連環殺人犯信奉天主教，還根據聖經內容執行他們的殺人計畫。朗讀者也親自用棉線訂縫了一本《沉默的探戈》做為對卡爾的謝禮。他的老闆很喜歡這部小說，特別請他在即將到來的星期六到家裡為她再朗讀一遍這部小說寫得很好的第一章。第一章裡面，刺激的跳舞場景特別有情慾張力。

對所有顧客來說，這天只是另一個卡爾送書來的日子。

但是對卡爾而言，今天是他回顧自己至今人生的第一天。

卡爾回到家時，一股恐懼猛烈向他襲來，彷彿有隻巨大的手伸出來要抓他的身體，想要把他體內僅存的那一丁點幸福都甩出去。

Chapter 6 軌跡

19

此後卡爾自己買下那些書。

即使他送書時不會收到顧客買書的費用。一直以來，客戶總是把訂購書本的金額直接匯進書店的銀行帳戶。卡爾的這些行為，可能要到年底由羅穆齊稅務會計事務所進行帳務結算時才會有人發現。

為了有足夠的買書經費，卡爾只能變賣自己的藏書。這些由紙張堆砌而成的好友已經陪伴他好幾年，甚至幾十年，如今卻逐日從他的書架上消失、被送離他的住處。雖然感到不捨，卡爾還是會親自把這些書帶到漢斯的二手書店去賣，然後算準城門書屋關店的時間把錢交給實習生雷昂，用來支付購買新書的費用。所以，送走他的寶貝並未給他帶來任何好處。反而有時候，一本新書的代價要用他自己的二十本舊書才換得到。而且近來，由於卡爾的幾個顧客想要幫他排解陰鬱的情緒，訂書的數量又比以往還多。

顧斯塔出殯時，卡爾只能從遠處觀看。前來哀悼的人很少，僅有寥寥三人陪伴這位老書商走他人生的最後一段路。等到人全走光了，卡爾才走到墓前來，放下特地為這位老友帶來的書。那是幾本講述印地安酋長溫尼圖和來自德國的移民朋友一起冒險犯難的故事書。卡爾想到的是，故事中幾位英勇的主角應該會照顧好他的老朋友。他還想到，紙張裡有碳元素，人也是。所以構成書本和人的是相同的元素。

卡爾同時免費贈書給他的顧客，如此一來更是加速了清空他書櫃的速度。達西先生得到珍．奧斯汀的所有小說，而艾菲在得到幾本描寫拋棄丈夫的女性後，最近拿到的是關於女性謀殺親夫的推理小說。從書中內容的鋪陳看來，下毒似乎是一種可行的做法。不過，卡爾送艾菲這些書的目的，當然不是鼓勵她行兇。他只是想讓她明白，如果再不離開丈夫，這段婚姻最後可能會怎樣收場。

「不用再送我這些書了，我過得很好。」艾菲說，她的丈夫要求她這樣措辭。他發現那些小說，也讀了摺頁上的簡介。結果，他不只把那些書都丟掉，連同艾菲最喜愛的幾本小說也一起處理了。「應該是有什麼誤會。」艾菲接著說道。

19 取自澳大利亞作家戴維森（Robyn Davidson，1950～）的自傳體暢銷書《軌跡》（*Spuren*）。

卡爾看到的卻是，她身後的玄關已經沒有花朵。既沒有擺上插花，也沒有任何盆栽，毫無生氣可言。

說完後艾菲很快闔上門。因為一次說了太多謊言，而她並不像那些書，有漂亮的書衣做為掩護。

獨自站在緊閉的門前，讓卡爾非常想念夏莎讓人提振心神的聒噪。那總是令他聯想起磨豆機磨豆子的聲音，就好像那些話經過磨豆機輾磨後，會形成一條在陽光下閃閃發亮的涓涓細流一樣。所以他開始和她說話，而她也在對他說話。

「她說謊了。」夏莎說：「我們的感覺沒錯。」

「我知道。不過，她說謊的對象不是我們，是她自己。」

接下來有好幾公尺的距離，只要他腳步一慢下來，夏莎就會催他走快一點。好比她會說：「你要再走快點啦！不然書就要壞掉了。」當兩人走近皮諾冰店時，她又板起臉說：「今天不吃冰淇淋了。你現在需要錢買書。書本才是能保存更久的糧食。」

卡爾知道，不能繼續這樣下去。他需要真正的夏莎。

可是他既沒法子打電話給夏莎，也無法去找她。因為，她從沒告訴過卡爾自己姓什麼，也沒說過自己住哪裡。

卡爾決定，明天早上開始走訪這個城市的幾所學校。他要睜大眼睛找人，還要向和夏莎同齡的孩子打聽這個深色鬈髮小女孩的下落。卡爾相信，只要是見過夏莎的人都會對她印象深刻。

卡爾登上過聖母峰，也曾經潛入太平洋馬里亞納海溝。他的行腳到過蠻荒的庫德族自治區，也在冰天雪地的南極進行過研究。是他的書本讓他體驗了這一切，他沒有機會領略德國的學校系統是怎樣的一個世界。

眼前這些到處亂竄的小人兒！小時候，卡爾曾經在牆角發現一個螞蟻窩，連續幾個星期，他總不時要到那裡去看看那些小螞蟻在做些什麼。雖然那些螞蟻看起來也是忙得一團亂，卻似乎遵循著某種群體內的秩序。但現在這些小人兒在聖良納學校的校園內，成功地以另一種方式再現混沌理論。

卡爾只是想要走到辦公室，一路上就不斷撞上小孩子，或者，換個更好的說法：這些孩子差點把他撞倒了。比起衝撞，更糟的還有那些尖叫、嘶吼的聲音。這樣想來，閱讀還真是件平心靜氣的事啊！

即使讀到西元前兩百一十八年的北非軍事謀略家漢尼拔，曾經帶著幾隻打仗用的大象越過阿爾卑斯山的場面。但是，伴隨這些巨獸出場的號角聲也不曾震動起居室的窗戶。而且，就算讀到二戰時期德國陸軍大將隆美爾，指揮他那支有「幽靈之師」稱號的裝甲戰車部隊衝破莫伯日附近的馬其諾防線，自己的呼吸聲依舊是耳邊聽得最清楚的聲音。重要的是，所有這些聲響都是用眼睛來聽。

當卡爾終於走進校舍時，他必須先靠在牆上喘幾口氣。然後一路問人才找到教務處。不過他得到的回應卻是：無可奉告。於是卡爾決定，找學童來問。

下課結束的鐘聲響起，一時之間，全部的學童像一陣風暴從他身旁湧過。其中有個和夏莎差不多年紀的男孩慢悠悠地走著，這讓卡爾有機會和他說上話。

「你認識夏莎嗎？」

「這是什麼怪名字啊？」男孩問道。

「我以為，這是現在常見的名字。就像以前的年代叫艾德桃或葛楚德那樣。」

「沒有喔！學校裡面沒有人叫這個名字。我要去上地理課啦！」尤其是，這個男孩今天又忘了做作業。不過這件事他沒告訴眼前這個奇怪的男人。

卡爾知道，以夏莎的年紀，她如果不是小學的最高年級，就是中學一年級。他以兩人相遇的大教堂廣場為中心，在地圖上畫出幾所可能的學校。總共有七所。聖良納學校是其中最有可能的一所。

其實卡爾不確定，自己的耳朵和耐性是否能受得了走完全部七所學校。

到了第二所學校，他決定不去教務處，他想直接在下課期間找學校裡的孩子問。他找了幾個有大有小的學童，盡可能告訴他們夏莎的樣子，問他們認不認識夏莎。

他問到六個孩子。到了最後一所裴斯塔洛齊綜合中學，他在那裡問到三個女學童，直到那位把防水夾克拉鍊拉到頂的課間輔導老師站到他面前，擋住他的去路。

「我能請教，您找哪位？在這裡有何貴幹？」

「我找夏莎。」卡爾回答：「她九歲，深髮色……」

「這裡沒有名叫夏莎的人，」不等卡爾說完，這位老師就打斷他的話，說：「請立刻、馬上離開學校的範圍，而且不許再和我校的學生攀談，不然我們會馬上報警。」

「可是……」

「這個夏莎到底是誰？肯定不會是您府上孫女！如果是的話，您就應該知道她讀哪所學校！」

「她是……」卡爾頓了頓。

課間輔導老師一把抓起卡爾的手臂。「您是腦子不清楚嗎？需要我幫您打電話請人來接您嗎？」

「噢！不用了。」卡爾答道，不過他這一說反而讓人更困惑了。「我還是走好了。」

「最好是這樣。」課間輔導老師拍拍卡爾的背。卡爾不由得想到前來為動物收屍的人用手拍打確認一匹被認定死亡馬匹的情景。

由於城裡的第七所學校已經關閉，卡爾決定到幾個顧客那裡探尋夏莎。而且，如今的卡爾已經無法忍受夏莎不在身邊的事實，他開始想像有夏莎相伴同行的情景。夏莎穿著她那件黃色大衣。這大衣今天看起來特別像新的一樣。雖然她的小背包塞得飽滿，她還是一路蹦蹦跳跳地走著，彷彿地面是以橡膠打造的。卡爾讓夏莎整路和他聊天，不再制止她，而且卡爾也不再只於心中回話。

首先，他來到達西先生家。過去，這裡總是他送書的第一站。

「我可喜歡達西先生了，當然囉！最喜歡他的花園。」夏莎帶點解釋意味地說道。

「那為什麼他帶我們去看花鐘時，妳沒說呢？」

「哎呀！老頭子，你真是太不聰明了。」夏莎輕聲說道：「那天我帶了一本書要送他，所以太緊張了嘛！我想，我可能在達西先生的花園喔！就在那張看起來很棒的藤椅上。」

到了長襪太太那裡時又聽見夏莎說：「我一定就在這裡了！」

「在那個女老師那裡嗎？」

「她現在又不在學校教書了。學校裡的老師真的都很糟。小朋友到他們面前，只能聽從他們的指揮。」

「聽妳這麼說，還真恐怖。」

「就真的是很恐怖啊！你可能已經忘記太久了。可是長襪太太現在人就很好，像一隻不再能噴火的龍一樣。所以在她那裡，我可以好好讀書。」

「是因為不用怕會被火燒焦嗎？」

「這下你終於明白我的意思了！」

當他們來到海克力士的住處時，夏莎更是毫無疑惑。「這大漢這麼壯，還會主動請人喝東西。還有哪裡能比得上待在這裡更舒適愉快的呢？」

「妳什麼時候開始用『大漢』這個詞，不是用『傢伙』？」（卡爾有時候會意識到，一切其實只是自言自語，但他總能很快找到方法說服自己回到故事裡面。）

「『傢伙』、『大漢』不都一樣嗎？我只是開始用你會用的字眼，這樣你比較聽得懂我說的話啊！」

「謝謝，妳真是太體貼了。」

因為無論如何想再看一眼幼犬年曆，尤其九月份的照片可是臘腸犬，夏莎也一起到了浮士德博士那裡。還有朗讀者家，因為夏莎想請他為自己讀學校最新指定的讀本。在孤挺花修女那裡時，夏莎又很確定可以在修道院的高牆後找到她，因為她一直想當修女──卡爾覺得這個想法雖然很特別，卻不夠有趣。

卡爾向每個顧客都提出同一個問題：「請問您最近見過夏莎嗎？她有到您這裡來過嗎？」

可是，既沒有人見過夏莎，她也不曾探訪過誰的住處。

這下，所有人都擔心起夏莎來了。

因為卡爾並不是唯一一個心被夏莎收服的人。

唯獨艾菲小姐是個例外，卡爾最後沒到艾菲小姐家去探問。或許夏莎去過了，卡爾就是說不上來為什麼她最後沒去艾菲小姐那裡。那種感覺就像一本書快要讀到最後的章節，才開始擔心結局會破壞前面的鋪陳一樣。

「為什麼我該在艾菲小姐那裡呢？」夏莎問：「她是那麼悲傷，而且她丈夫讓我感到害怕。」

「妳很勇敢，心地又善良。我以為妳會想幫她。」

「你也有一副好心腸，為什麼你不幫她一把呢？」

「因為我太害怕了，」卡爾邊說，邊把帽簷壓低一點。「所以我的生活數十年如一日。生活中只有些無關緊要的小事會有變化。膽子小的人都是這樣過日子的。」

「但我不是無關緊要的小事啊！」

「沒錯，妳真的不是小事。」卡爾說：「那現在可以按門鈴吧！」

夏莎用自己的小指抵在卡爾胸口。「你連按門鈴也不敢嗎？」

「按鈴就對了！」

這次等了好一會兒，艾菲小姐才來開門。（這次她並沒有站在門後等，而是剛從地下室走上來。）艾菲小姐看起來沒有像平時那樣打理得無懈可擊。她的眼睛周圍掛著黑眼圈，膚色看起來也有點泛紅。

「寇洛夫先生？有什麼事嗎？您從來不會在這個時間點來的。」

「請問您有看到夏莎嗎？」

「她不見了嗎？」

「嗯……呃……我想……」接著他突然理解到艾菲小姐這個問句的意思。難道想念夏莎的不只他一個人，而是整個世界都想她了？她不見了嗎？她發生什麼事了嗎？「或許您在報紙上讀到或從廣播裡面聽過可能與她有關的消息？」

艾菲小姐搖搖頭，「她不在家嗎？」

一股恐懼在卡爾的肚腹裡像沉重的皮球一樣翻騰。「她一向都是在大教堂廣場和我碰面的。」

「她會沒事的。說不定是去參加學校的旅遊活動了呢！」

「如果是這樣的話，她肯定會提前說的。夏莎並不是一個有事會放在心裡不說的女孩子。這點她還是比較可以指望的。」

艾菲小姐輕輕拍了拍卡爾的手說道：「寇洛夫先生，我很想幫您，也想跟您一起出去找她。可是我的手……」艾菲小姐沒把話說完，而是一句：「真是抱歉！」說完，她就把門關上了。

接下來沒有人說話了。因為從這一刻起聽不到夏莎的聲音了。

這天晚上，卡爾沒有送出一本書

送書業務被取消只是從卡爾的生活中搬走一塊小石頭而已，但他卻因此得到整面可以倚仗的牆。那晚，卡爾很晚才能入眠，隔天早上甚至沒聽到鬧鐘的鈴響。在他醒來，看到時鐘的指針迎來一陣驚嚇後，他很快換上衣服，沒有吃早餐，也沒刮鬍子，就趕忙走向城裡七所學校中還沒去過的那一所。他著急，因為想到夏莎一定就在那裡了。昨天去過幾所學校的經驗，讓卡爾現在備感壓力。為了緩和緊張的情緒，他試著將注意力轉移到那些放在書包裡或是擺在桌面上的書本上，即使那都是些無法讓人平心靜氣下來的教科書。

當卡爾奧夫小學第一堂課結束的下課鐘聲響起，所有的學生衝向休息區時，卡爾就站在通道上的雙開門旁，不斷喊著夏莎的名字。只要有人穿著黃色大外套經過都會特別引起他的注意而喊得更大聲，或是有深色鬈髮的孩子從角落竄出，也會讓他伸長脖子想要看個仔細。

不久後，走出教室的學童變少了，卡爾開始一個個問他們。至少他想這樣做，但實際上他卻語帶責備地說出：「夏莎一定在這裡。快說，哪裡可以找到她！」或是：「夏莎還在裡面沒有出來嗎？她生病了嗎？她是你同學，你一定知道什麼吧！」

經過的學童沒有一個知道夏莎的一丁點下落，只是迅速跑離卡爾所在的地方。這次前來驅離卡爾的是帶著一支掃帚走來的校工，那氣勢就好像他正在練什麼特別厲害的亞洲武術招式。

卡爾很快躲進最近的廉售商店。

他在擺著法蘭克地區大肚瓶裝葡萄酒的貨架前站了一會兒，接著卻把手伸向最下層裝著廉價義大利家常葡萄酒的紙箱。只稍微猶豫了一下，他的手指碰到的是紙箱鋒利的邊角，而不是優雅圓潤的瓶身。剛走到人行道上，卡爾就把紙箱撕開，喝了起來。

回家途中，經過聖良納學校的鍛造圍牆。從校園裡傳出一陣陣學童的歡笑聲，此刻在卡爾聽來都像是對他的嘲諷，他只得撇過頭去。有一瞬間，他從眼角餘光看到一抹黃色身影閃過，但他刻意不看過去。

隨即聽到一個孩子的聲音吼著：「把書還我！」這下子，彷彿不知何處有本書陷入險境，讓他非轉頭看不可了。

然後就看到，夏莎就站在那裡！

她身上沒有穿那件黃色厚外套。剛才的吼叫聲也不是夏莎的聲音，是從離她不遠處的紅髮男孩傳出來的。紅髮男孩正竭力想要搆到一本教科書。原來是另一個個頭較高的學童把一本教科書高舉過頭，紅髮男孩每往上跳一下，他就故意移開書本。

卡爾從夏莎的唇型讀出，她正說著：「送書人在那裡！」

夏莎很快向著圍牆的方向、朝卡爾跑來。「你在找我，對嗎？」

一時之間，卡爾的欣喜之情好似剛開瓶的香檳，歡慶的氣泡不斷從瓶裡湧出。他太開心了，開心到一陣心痛。「我好擔心。還好現在我找到妳了。」

夏莎隔著鍛鐵柵欄給卡爾一個擁抱。「我可想你了，你知道嗎？」

「我也是啊！」

「可是我想你更多一點，都要到月球一趟再回來那麼多的想！」

「嘿！這是書上讀來的吧！」

「但還是實話啊！」夏莎一副得意的樣子。

「昨天我來這裡打聽過妳的下落，可是沒人認識妳。」

「你是用夏莎這個名字問的吧？」

「是啊，當然！」

夏莎古靈精怪地笑了一下，說：「這裡沒有夏莎。」

「可是……？」

夏莎手指著自己，說：「我的名字是夏洛特。只有和你在一起時我叫夏莎。我一直希望我的女生玩伴可以這樣叫我，但她們都不願意。這是我自己想出來的名字喔！」這部分說的是事實，卻也不完全是事實。B班的男孩子下課時總聚在一起吹噓他們的美國隊長和鋼鐵人，所以夏洛特想像出一個女超人。夏洛特的女超人會披著紅色披風飛過城市上空，而且從她眼中會發射出黃色的雷射光束。

這才是夏莎。

而且這個夏莎看起來和家裡玄關櫃上，用黑色相框框起來的照片中夏洛特的母親長得一模一樣。夏洛特總是把放學回家途中，在人行道磚縫採集到的小雛菊擺在那張相片前方。

「很高興認識妳，夏洛特。」卡爾說著，躬身做出致意的姿勢。「能叫妳夏莎真是我的榮幸。」

「我也這樣覺得！」

卡爾把裝葡萄酒的紙箱扔進垃圾桶。「妳怎麼不再出現了呢？」

「沒辦法呀！」夏莎說。同樣這句回應，夏莎雖然說出實情，卻沒說出最重要的那部分。前幾天，夏莎為了捲菸廠的事，缺席兩堂課。之後，校長迪賽貝克女士打電話到她家了。夏莎向父親坦承一切，於是父親就不許夏莎再和卡爾一起去送書了。無論夏莎怎麼哭泣和哀求都沒用。夏莎也給父親寫信、留言，裡面畫了很多愛心，寫了無數次「拜託、求您了」；為父親準備了床邊早餐，特別用聖誕節的模型把吐司麵包壓出聖誕樹的形狀。還有晚餐，夏莎特意精心加工改造的調理包湯品。全部都沒能改變父親的決定。

雖然夏莎愛說話的程度堪比那些話都像是美味的巧克力，到她口中自動融化一樣，她卻沒說出，最近幾個晚上沒出現的真正原因。加上又想到，沉默的片刻可能讓卡爾逮到機會問她問題，她只好說起其他事。

「那是我朋友郁樂。她永遠會是我最要好的好朋友。噢！好吧！是現在最好的朋友。她也知道你的事，她說你脖子那裡怪怪的，和她爺爺一樣。」

卡爾答道：「我管這鬆垮垮的脖子叫我的火雞脖子。要有這樣的脖子，還得要是人到很老的時候才有辦法。人在年輕時，還真應付不來。」

「應付？為什麼要應付？」

「人有這樣的脖子後，才能做這件事。」卡爾像振動翅膀般擺動雙臂，然後發出火雞叫聲。再見到夏莎這麼開心的事，讓他醉得更厲害了。現在的他暈醉的情況，比喝上一整箱葡萄酒都還要嚴重。

夏莎大笑起來，馬上又緊張地四處張望，生怕會不會有剛好經過的哪個女同學看到。

剛好看到剛才的紅髮男孩正用手指著她，嘴上做出爆噓聲的嘴型。

「那是你之前提過的西蒙吧？」卡爾問：「就是那個經常推妳的男孩子？」

夏莎有點猶豫地點點頭，說：「你可別走過去，拜託了。」

「我當然不會走過去，我要用另一種方式來解決問題。」

「你是指用書嗎？」夏莎問道。

「沒錯。妳知道他的地址嗎？看過他之後，現在我已經知道有一本書非常適合他了。」

夏莎把西蒙家的地址寫在卡爾的手背上。

「但是真的不要送什麼令人尷尬的書，好嗎？拜託！」這時上課鐘聲響起。

「我要回教室去了。」

「妳還會再陪我去送書嗎？」

夏莎抿了抿嘴唇，說：「沒問題。」

「今晚嗎？」

夏莎緩緩地點點頭，卻沒再說話了。然後她跑過學校的廣場，向著教室門口的方向跑去。卡爾看到，教室門上的紅漆已經有多處剝落的痕跡。

回程路上，卡爾經過一家專賣絲薄美工紙做成花朵的小店，臨時起意走了進去。卡爾問店家，店內是否有賣會長在《金銀島》上的花，或是會出現在美國大西部荒野，或是《頑童歷險記》（*Huckleberry Finn*）中哈克成長的密西西比河沿岸的花朵。可惜女店員不清楚，玫瑰、鬱金香、虞美人或康乃馨這幾種花是不是會出現在卡爾提到的那幾個地方，畢竟店裡也只供應這幾種花朵。最後卡爾每種花各挑一朵，而且分別選了不同顏色搭配。因為顧斯塔本身就是個多彩多姿的人。

在卡爾告訴女店員，他打算帶這些花到墓園探望老朋友後，女店員特別小心翼翼地用紙把花包起來。女店員邊打包，邊搖頭表示，這些花不適合帶去掃墓，因為這些花在露天的環境下花瓣會掉得比真正的花朵還要快。

「沒關係，」卡爾回答：「我只是帶去讓一個老朋友開心一下。」卡爾想到的是，過去顧斯塔肯定見識過紙張的各種不同樣貌，也看過印了許多文字的紙張，但肯定沒見過紙張做成花朵的樣子。

才剛關上墓園的大門，卡爾就看到站在父親墓前的莎碧娜。因此他刻意繞往右邊，在一張鍛鐵長椅上坐下。想起夏莎曾經在這裡，把記錄了她認為哪本書會為誰帶來幸福的想法的筆記本展示給卡爾看。這張長椅雖然離顧斯塔的墓地很近，中間卻有一片濃密的常綠灌木隔起來。只有在找到好角度，並且明確知道要往哪裡看時，視線才有辦法看過去。

此刻莎碧娜跪在暫時立了個簡樸木製十字架的顧斯塔墓前。

「你看，」莎碧娜說：「之後看起來會是這個樣子。整個墓碑看起來會像一本翻開的書本，打開的頁面會刻上一段講述你生平的文字，」她慌張地把一綹頭髮塞到耳後，又繼續說：「算了！即使我向你報告這麼美好的事，我還是能想像你一定在為葬禮的事責怪我。」莎碧娜把繪稿揉成一團，塞進自己的外套口袋。

「但是之前我真的以為這樣做是對的！直到那天看到站在墓前的人那麼少，我才意識到應該邀請所有人來的。那時我才想起，你應該會覺得很傷心。以前你總喜歡身邊隨時有許多人。我很抱歉，你聽得到嗎？」說到這裡，莎碧娜隨手拔起一根剛冒出泥土的小草。「有時候我也受不了我自己。而且我相信，我絕不是唯一一個受不了我這個人的人。可是我做的一切都只是努力想把事情做對、做好。我希望你可以因此以我為榮。可是現在，無論我再怎麼努力，你都不在了。我曾經有過屬於我的機會，你也有過屬於你的機會。可是我們兩人都沒有好好把握過這些機會，不是嗎？我想，我就是沒有遺傳到你愛書的基因。就算我願意拚命去努力，我永遠也達不到像你或像你珍視的徒弟卡爾一樣的成就。我從他眼中看到的自己永遠還像個小女孩一樣。你可知道，他曾經為了德語課老師給我打了個勉強及格的分數，跑去跟老師申訴？還跟老師說，他認為我的德語課成績應該得到優秀的評分才對。後來我的幾個手帕交得知這件事，讓我覺得非常不好意思。他表現得像是我爸爸，但其實你才是。或也不是。或許他是好意，甚至可以確定他這麼做是為我好，可是我從來沒有求他做這些。我自己就能做到的事，不需要他幫忙。你不要那樣苦笑！你都已經不在人世了，就不能對我仁慈一點嗎？對我就不能多點理解嗎？可惜這些一直以來都不是你擅長的事。」莎碧娜從墓地抬頭仰望深邃如墨水藍的天空。「你曾經很生氣，只因為我在你書裡的空白頁畫滿了塗鴉。但你知道嗎？比如鈞特．葛拉斯的《貓與鼠》（*Katz und Maus*），我自覺畫得很好，卻惹得你暴跳如雷，覺得我毀了你心愛的書。天啊！那時我只是個不懂事的小孩子啊！但我怎麼做都比不上你的書。」她站起身繼續說：「為什麼要到你死了我才能告訴你這一切？」唰地一響，她用力拉上外套的拉鍊。「你知道最令人傷心的是什麼嗎？我愛書本，真的！我真的愛書。可是我從來無法像你一樣，從書本那裡感受到那麼多快樂。這點我永遠無法原諒你。」她猶豫了一下，接著用手輕撫摸木十字架後才走開。

卡爾等到莎碧娜走出墓園後，才把紙花花束放到老朋友的墓地上。他還需要一點時間才能消化剛才聽到莎碧娜說的那一番話。過去顧斯塔總是擔心莎碧娜沒有能力經營書店，所以不容許她犯任何錯，只希望未來她總有理解的一天。如今，顧斯塔應該知道過去的做法不對，但已經沒有時間去改變什麼了。他們父女倆共同的故事已經沒有續篇可寫了。

下午，卡爾繼續清空幾個書櫃。很快他就要孑然一身地獨自過活。一開始他還把每本書瀏覽過一遍，好好感受這些書本和自己如此近的距離，然後才把全部的書放進褐色搬家紙箱中。雷昂馬上就要來帶走這些書。把書賣出去的錢應該夠買下一次要送的書。

這天晚上，卡爾出現在大教堂廣場上的時間可以說過於準時。抵達後，他迫不及待地留意夏莎隨時可能現身的身影。夏莎到來時，即使還喘著氣，卻顯得心情很好。她父親和一個同事有約。出門前，父親為她準備了一頓豐盛的晚餐，有大大的馬鈴薯丸子、豌豆和胡蘿蔔，配上濃醇醬汁。還為夏莎準備了一份禮物，獎勵她遵守禁令，沒有再和卡爾見面。禮物是一個棋盤。這是做為父親的他想教夏莎玩的遊戲。但是這個禮物讓夏莎一點也開心不起來，因為去年她明明才剛跟父親說過，她覺得學校的棋藝社團超級無聊。

就在夏莎從背包拿出自己為卡爾準備的禮物的這會兒，夏莎很希望這是一份更討人喜歡的禮物。「這是給你的。」那是一張捲起來的Ａ４大小紙張，上面還繫了紅色緞帶。

「我可以馬上打開嗎？」

「當然囉！我也想知道你拆開後會有多開心！」

卡爾小心翼翼地拆解緞帶，再把紙張攤開。他都還來不及看清楚上面的內容，夏莎已經開始說明紙上用色鉛筆畫的圖了。

「正中央的書蟲是你，在你旁邊的是狗兒，圍著你的是所有好朋友。你認得出上面畫的每個人嗎？」

「這是達西先生，」卡爾說著，手指向一棟大房子前面的蟲子。接著又一一指出其他蟲子：「艾菲小姐」（捧著花的蟲子）、「海克力士」（舉啞鈴的蟲子）、「朗讀者」（拿雪茄菸的蟲子）、「浮士德博士」（戴著大眼鏡的蟲子）、「孤挺花修女」（穿著修女袍的蟲子）、「長襪太太」（主要是因為她手持教鞭站在海克力士後面才讓人認出來的），「真是太好了，謝謝妳的禮物。」

「你喜歡嗎？」

「怎麼可能不喜歡！我可以抱妳一下嗎？」

「好喔！根本就不用問的。我不是都這樣嗎？」

這樣抱著夏莎是很美好的事，雖然一開始卡爾不知道手該放在哪裡。夏莎就不同了，她對擁抱很在行。說到底，擁抱這件事就跟跳舞一樣，重要的是其中一人知道該怎麼做，然後就由這個人來引導另一個人。

「妳知道嗎？」卡爾說：「書蟲都是稀有動物，大部分的書蟲都非常怕羞。他們是瀕臨絕種的物種，迫切需要受到保護。」

「那就由我來保護你吧！」

「可以請妳幫個忙嗎？」

「說吧！」

「可以請妳把我最重要的跟屁蟲也一起畫進圖裡嗎？」

夏莎掙脫擁抱，拿起那張紙。「我把誰忘了嗎？」

卡爾笑著說：「是啊！就是妳自己！」

夏莎撇了撇手，說：「我一點也不重要。」

「那可不。要我說，妳還是最重要的呢！」卡爾說。

「看誰先跑到達西先生那裡！」話才說完，夏莎已經跑開，不過馬上又停下腳步，回頭笑著說：「開個玩笑！反正你是跑不贏我的。」

這下輪到卡爾跑了起來。

卡爾真的一點跑贏的機會都沒有。抵達達西先生的別墅時，他已經快要喘不過氣來了。夏莎不讓他有一點喘息的時間，逕自按了門鈴。

達西先生很快來應門。他看上去神清氣爽，說道：「無論是先生或女士。無法享受讀一本好小說所帶來的樂趣的人，肯定是無可救藥的愚笨。」卡爾充滿疑惑地盯著他看，達西先生又笑著繼續說：「這是我今天最喜歡的一句話！出自珍．奧斯汀的作品《諾桑覺寺》（*Northanger Abbey*）中的蒂爾尼先生之口。」說罷，達西先生揮手請他們進屋。「我有東西要給兩位看。尤其是妳，夏莎。妳一定要來看！」達西先生快步穿過長廊來到寬敞的客廳，站在窗前就可看到花園裡的花鐘延伸過來。

卡爾和夏莎看到此情此景的第一個印象是：達西先生不再一個人孤零零地住在這棟大房子裡了。他還在客廳布置了一個層架，上面擺滿了珍・奧斯汀的小說。現在有芬妮・普萊斯（Fanny Price）[20]、安妮・艾略特（Anne Elliot）[21]、凱瑟琳・莫蘭（Catherine Morland）[22]、瑪麗安・達希伍德（Marianne Dashwood）[23]、艾瑪・伍德豪斯（Emma Woodhouse）[24]、伊莉莎白・班奈特（Elizabeth Bennet）[25]這些珍・奧斯汀小說中的人物一直陪在他左右。他雖然無法觀察她們閱讀時的神態，至少還可以讀她們的故事。

20 出自珍・奧斯汀小說《曼斯菲爾德莊園》（*Mansfield Park*）。
21 出自珍・奧斯汀作品《勸服》（*Persuasion*）。
22 出自珍・奧斯汀作品《諾桑覺寺》。
23 出自珍・奧斯汀作品《理性與感性》（*Sense and Sensibility*），代表感性。
24 出自珍・奧斯汀作品《艾瑪》（*Emma*）。
25 出自珍・奧斯汀作品《傲慢與偏見》。

然而這一切就像火爐的存在。只有爐火燃燒起來的時候，才會讓人察覺周遭有多冷。經由這些書本和其中的人生，達西先生才察覺到這棟別墅的每個房間裡原來那麼冷清。因此，有這些小說在身邊，讓他感到幸福的同時，也感受到某種哀傷。

「您請坐。」話一出口，馬上停住，才繼續說道：「唉！我在說什麼，應該是『兩位請坐』才對。現在我們認識夠久了，不是嗎？寇洛夫先生。我喜歡那些早期的作品，但是我也不想因為那些門第之見阻礙我的幸福。這是我從奧斯汀那些好作品裡面學到的。」

他伸出手，說：「以後就叫我克里斯堤安吧！」

「不，」送書人在心中溫柔地想著：「應該叫『費茨威廉』[26]才對。」但說出來的是：「我是卡爾。」

「那麼……你們坐吧！」依達西先生平日的標準而言，他現在的表現已經表示他心情很好了。「今晚我突然想到，我們辦個小型讀書會如何？你們知道的，就是所有參加讀書會的人一起讀同一本書，然後討論關於這本書的內容那樣的聚會。就像過去人們圍著火堆坐在一起，講故事給大家聽。或許是火堆旁的溫度讓石器時代的人聚在一起，但是，是那些故事讓人們開始有了文明。你們覺得這個想法怎樣？我們需要做個告示公告周知嗎？這裡應該有足夠的空間。到了夏天，我們也可以坐到花園裡。當然啦，是雨停了之後。」

對於達西先生說話時，用了「我們」這個詞，把她算在內，夏莎感到非常得意。她覺得自己一下子長大了十歲。但是一想到要和別人討論書的內容，又讓她覺得好像多累了十年，因為她已經受夠了德語課上的讀書心得報告。

卡爾不喜歡人群，太多人聚在一起會讓他感到焦躁不安。再說，他是送書的人，不是坐著看書的人。可是，他還能送多久的書呢？此刻，他突然意識到，以後能送書的機會頂多也就幾次而已。沒有了送書的機會，他自然也就沒有理由走去拜訪那些人。因為送書就是他的人生。沒有該送的書本，這個人生就不是他的。想到這裡讓他感到難受，於是他起身打算繼續後面的行程。

「謝謝招待，可惜我們該出發了。」卡爾說。

「您認為呢？呃，不好意思。你覺得我剛才的提議怎麼樣？」

「您可以……你大可辦個讀書會試試看。」

26《傲慢與偏見》中男主角全名為費茨威廉·達西（Fitzwilliam Darcy）。

「就這麼說定了！」夏莎表示贊同，說：「我會到處宣傳，這樣你就不用做告示啦！」

卡爾快速移動腳步走到門前。

「下次請幫我帶奧斯汀未完成的《華生一家》（*The Watsons*）、《蘇珊夫人》（*Lady Susan*）和《桑迪頓》（*Sanditon*）這幾部遺作。奧斯汀的小說我真是讀再多都不膩。」達西先生恨不得馬上以這幾部遺作開始讀書會。

「沒問題！」夏莎說。這時卡爾已經走到聽不到她說話的距離了。要彎進下一個街角時，夏莎才追上卡爾。「你怎麼逃走了呀？」

「我們今天還有很多書要送。」

「你怪怪的，就是跟平日不一樣那種怪。」

「那就好好走路吧！」卡爾說：「這樣怪怪的感覺就會隨著腳步淡去。」

夏莎笑了出來，但也只是為了驅散緊張的氣氛。和哭泣一樣，夏莎也可以隨心所欲地笑。只是奇怪的是，此刻似乎讓她感覺似乎更適合大哭一場。

卡爾不斷加重用傘尖抵在路磚上的力道。他生氣，因為無力改變自己內心鬱悶的處境。他也氣，無法不讓自己做為送書人的時間就此結束。

當狗兒加入他們的行列時，夏莎高興得都要跳起來了。她馬上遞上一小塊做成迷你老鼠樣子的小點心。這是她特意為狗兒準備的。寵物用品店的女店員告訴夏莎，貓咪會很喜歡這種點心。夏莎多希望，這時候的狗兒可以破例像一隻貓。

「我們今天會去浮士德博士那裡嗎？」

「他今天沒有訂書。怎麼了嗎？」

「我們必須去他家一趟。立刻、馬上！」

「可是這條路是要去……」

「我知道，但真的必須去。拜託、拜託、拜託啦！」

「哎！又是這個讓我無法拒絕的表情。」

「正是！所以你放棄堅持啦？」

卡爾果真放棄堅持。於是，不久後兩人就按了浮士德博士家的門鈴。浮士德博士開門後，不可置信地揉了揉眼睛，好像他這麼做，門外的兩人就會從眼前消失一樣。他在腦中翻找記憶，試著想要記起，自己是否在幾個星期前訂了眼前這本探討摩西的深奧史學文集，而且還要特別久的交期。可是又想到：不對呀！要他讀這樣一本通篇謬誤的書根本是在侮辱他的智商。

「見到閣下，甚喜、甚喜！」喜歡用老派字眼的浮士德博士說：「什麼風把您吹到我這兒來啦？」

卡爾滿懷期待地看向夏莎。

「我們需要您的協助，」夏莎說：「因為這隻貓。牠需要有地方讓牠可以待上一個星期時間。」

「為何呢？」

對呀！到底是為什麼呢？這個問題夏莎也想問自己。原本她預想的情況是，浮士德博士不僅會熱情地馬上說好，還會立刻把狗兒抱起來。在她腦海中想像的畫面裡，浮士德博士甚至把狗兒擁在懷裡，狗兒也因此高興地大聲吠了幾聲。

幸好她突然想到，今天在學校西蒙對她做的事。

「牠呀！我說這隻貓，被另外幾隻貓纏著欺侮了。可實際上牠超無辜的呀！對啦！就是被霸凌了啦！」夏莎才說著便把握在手上的貓點心遞給浮士德博士。

「這給您！狗兒特別喜歡吃這個。」

「狗兒？」

「啊！是貓咪啦！明天我會再把家裡一個舊貓砂盆帶來給您，在那之前，請您先用舊報紙就可以了。」至少寵物用品店的店員是這麼說的。

「妳怎麼會想到把牠帶到我這裡來呢？我對照顧寵物一點經驗也沒有。」

「您住的地方是卡爾的顧客裡面，離其他貓的活動範圍最遠的。狗兒，就是這隻貓，只有在您這裡才安全。」

「呃……」

有些人一聽到「呃……」就退縮了，但這時候夏莎知道：她贏定了。

「不然您先收容牠一晚看看嗎？不然兩晚也好？」

「既然這樣……那好吧！」

「太好了，謝謝！還有，如果狗兒，就是這隻貓啦！如果牠發出奇怪的聲音不要覺得太奇怪，牠就是這樣。」夏莎扯了扯卡爾的袖子，說：「我們現在急著要走。那就這樣囉！拜拜。」

卡爾被夏莎拉著走，差點跌倒。他現在覺得，兩人好像剛偷了一整台口香糖自動販賣機一樣心虛。「妳覺得這樣做行得通嗎？」

夏莎聳了聳肩，「或許吧？如果行不通的話，至少我試過讓他過得快樂一點。如果狗兒沒有辦法讓他不再討厭狗，那就沒有其他人辦得到了。」

「可是狗兒是一隻貓呀！」

「沒錯。」

這時候兩人已經走到艾菲小姐住的房子前面。

屋裡正傳來慘叫聲。

聲音之大，把原來停在屋頂的鴿子嚇得往四處竄飛起來。

卡爾卸下背包，從中拿出艾菲小姐訂的書。接著，他果斷走向大門。可是每次他想按鈴時，屋內又會傳出慘叫聲讓他退縮。那慘叫聲，像是有人因為疼痛發出，尖銳又響亮。而且那些慘叫聲聽來，似乎對於不再受折磨已經感到絕望了。

最後卡爾低下頭。

「有時候，」他黯然地看著夏莎說：「一本書是不夠的。光有紙張無法癒合所有的傷口。我們現在必須找到投幣式電話機才能打電話。」

「沒必要。」夏莎拿出自己的手機，解鎖後遞給卡爾。「按下那個綠色有電話符號的按鍵就可以了。」卡爾照做沒成功後，夏莎接過手機自己操作。

卡爾打電話報警，表明有緊急狀況，同時告知事發地點的地址。在一陣猶豫又經通話方多次要求後，也報出自己的名字。在獲知對方會立刻派出人來處理時，卡爾把手機交還給夏莎，說：「我不知道沒有聽筒要怎麼掛電話。」

「什麼筒？那是什麼？」夏莎說話時，已經把通話中的手機掛斷。

卡爾看了看四周。到底從哪裡可以看到艾菲小姐家的房子，自己又不會被人看到呢？他發現正在進行清運工作的美甲工作室前面有個大型垃圾桶。夏莎只好站在垃圾桶後方努力踮起腳尖，再加上雙手用力往上撐個幾公分，視線才能高過冰冷的金屬垃圾桶桶身，看到外面的情形。

十分鐘之後，一輛警車在艾菲小姐家前方停下。夏莎的腳趾這時已經因為踮腳站太久又痠又痛，手指也變得很冰涼。

兩名警察下車按了門鈴。有一扇窗戶的窗簾動了幾下，接著門就打開了。前來開門的是艾菲小姐和她丈夫。他的雙手搭在她的肩膀上靠近脖子的地方微微施壓。

「您好，打擾了。我們接到電話舉報，說是聽到從您屋裡傳出慘叫聲。」說話的員警看了看艾菲小姐，「據報是聽到女性的慘叫聲。打電話來的人懷疑，您可能遭人毆打。還是屋裡另有其他女性嗎？」

「完全是誤會一場，」艾菲小姐的丈夫笑著說：「是我把電視開太大聲了。」

「真是這樣嗎？」警察問艾菲小姐。

「是。」艾菲小姐微微笑說。

「我絕不可能打妳的，對吧？親愛的，妳自己跟警察說吧！」

「他不會的。」艾菲小姐笑笑地說。

警察緊盯著艾菲小姐看，說道：「您想單獨和我聊聊嗎？」

「不用，她也不想。我們彼此之間沒有什麼秘密，在一段好的婚姻關係裡面都是這樣，像我們就處得很好。」說完，他用力在艾菲小姐臉頰上親了一下。

「您的臉上怎麼了？」警察問。

「牙痛。」艾菲小姐微笑著說。

「我們很感謝您來這一趟，」艾菲小姐的丈夫兩手交疊，說道：「您接到這類電話能過來看一下，當然是好事。不過這通關於我們家情況的電話是誤報。所以下次如果還有人因為我電視開太大聲打電話過去，您就知道發生什麼事了，也不用特意跑這麼一趟了。」他推了推艾菲小姐，「是吧？親愛的，是吧？」

「對，一定有真的需要您協助的女性。」艾菲小姐笑著說。

「沒事了吧？」艾菲小姐的丈夫問道。「沒事的話，我們想繼續把影片看完，聽說結局是這部電影最精采的地方。當然，現在我會把電視開小聲一點。」

卡爾從大垃圾桶後面走出來，即使他的身體百般不願意。他的心臟澎湃地跳動著，他的雙腳不停顫抖。但是卡爾的決心最終打敗他身體的意志。「兩個人都在說謊！他明明打她了。我聽到了！那不是電視的聲音。」

「呵！原來是書店的人啊！」艾菲小姐的丈夫說：「我早該想到是你做的好事。親愛的，從現在開始，妳不要再跟這個瘋子訂書啦！否則我的手不知道哪天真的會滑出去。」他說完大笑起來。

艾菲小姐也跟著笑了。這一笑，讓她全身痛了起來。

兩名警察盯著卡爾看。他們看他並不是認為他是個正直、細心的人。他們眼中看到的卡爾，是個穿得一身破爛、眼神迷離地望著這個世界的老人。

他們以為，卡爾的作為是因為他神智不清，已經無法正確理解這個世界。

「下次請您先確認好，不要只是因為電視的音量就打電話報警，」其中一名警察對卡爾說：「不過，當然啦，我們寧願多走一趟也不要少走一趟。只不過，得要家暴的受害者願意主動跟我們說，我們才能有所作為。」警察說這番話的真正對象似乎不是卡爾，反倒像是在對艾菲小姐說的。就在這時候，艾菲小姐的丈夫突然把門緊緊關上。

連同街道這一側的百葉窗也被他拉下。

見到孤挺花修女前，卡爾不發一語，雖然一路上夏莎不斷提出救援艾菲小姐的各種建議。這些建議從直接破門而入到雇用私家偵探（或是雇用一個願意接受偵探業務委託的女流氓幫派），應有盡有。

修女看到卡爾耷拉著臂膀，一副垂頭喪氣的樣子，急切地追問是否有人為難他了。

一時間所有的情緒湧上卡爾心頭，就好像原來有一個蓋子，把他的情緒都關起來，這時候突然炸裂開來。接著，他開始講艾菲小姐的事，提到自己如何擔心她，以及剛才試著救她卻失敗的事。他不停地說著，無法停下來。直到孤挺花修女輕輕地用手抓著他的下手臂。

「一切都會變好的。」

「不會的，不會了！」

孤挺花修女理了理自己的修女袍，說：「帶我去找她。」

「不行，妳不能去！不然您就再也無法回到修道院了。」

「原來您是顧慮這個啊！您看到有人在監視我嗎？我倒覺得之前是我多慮了。」

「可是……」

「不用可是了！如果我只是怕東怕西地躲在厚實的修道院牆後，明知有人需要幫忙，卻不挺身相助，我還算什麼修道人啊？」

「那麼您打算怎麼做呢？」夏莎問。「連警察都沒法做什麼了？」

孤挺花修女消失在修道院深處，過了一下子，帶著一本聖經走了回來。「上主的話就是最強大的武器。」她在卡爾和夏莎眼中看到懷疑，於是繼續說：「再說，如果說出主的話還不夠，總還可以來上一記精采的拋擲球吧！」孤挺花修女說完，對兩人眨了眨眼。隨即踏出修道院，轉身把門關上。接著，只見孤挺花修女溫柔地撫摸了修道院的外牆，彷彿在為自己把心愛的寵物單獨留在家裡道歉。在輕輕嘆了一口氣後，她看著卡爾說：「請您帶我過去吧！」

夏莎早就向前跑去，這時轉過身來說：「往這裡直走，沒有很遠。請您跟上來吧！」

夏莎很清楚，從現在起所有的事情都會變好的。孤挺花修女服事神，是品格高尚而神聖的人，是和聖人瑪定或尼古拉斯一樣的超級英雄。她不是很清楚，修女有哪些神奇的力量。雖然她們的眼睛肯定不會發出雷射光，飛行似乎也不是她們能做的事，但她們必定與一般人不一樣。而如今，既然一般平凡人都沒法救艾菲小姐了，那只能讓一個不一般的人來救。

孤挺花修女急切地走著，一點也沒有停下來休息。她直接走到夏莎指給她看的房子前，逕自敲起門來。雖然看到門鈴了，但她還是覺得響亮的敲門聲更可以展現決心，反而更有效。

「誰在敲門？」一個低沉的男聲說道。

「我是賀德嘉修女，從聖亞朋本篤會修道院來的。」

「早就沒有那個修道院了！」

「既然我在，修道院就還在。」

「你就是那個瘋了的修女。」聲音聽來越來越近了。「我們沒有要奉獻！」

「我不是來募款的。」

「我們也沒有要買東西。」

「我也不是來賣東西的。」

「我們什麼都不需要！」

「每個人都需要上帝。」

「您走吧！」

「我不走！我就要留下來！反正這世界上我最不缺的就是時間。要是您繼續讓我站在這裡，附近鄰居都會看到有個修女站在貴府門前，而您一直不開門讓修女進屋裡去。」

男人大吼一聲，然後說：「今天是所有人都瘋了不成？妳就顧好自己的事吧！不過最好快點。我們之間的帳還沒算完！書店的人多管閒事那筆帳我都還沒跟妳結清！」

艾菲小姐把自己身上的衣服拍平，好讓一切看起來維持應有的整齊狀態。她還特意把頭髮撫平，然後又拍了拍自己的臉頰。她穿上那雙昂貴的白色高跟鞋後，看起來真像要去參加舞會。接著，再擺上她每天早上都要對著浴室的鏡子練習再練習的迷人微笑，直到臉都瘦了。

一切就定後，這才把門打開。

她看到的，不是一個修女，而是一個幽居多時的女人。那是一個把自己囚禁在自己選定的牢籠裡的女人。

眼前的女人今天終於離開了那座囚籠。

兩個女人互相看到對方的第一眼，對於彼此的一切就了然於心。

「來吧！」孤挺花修女伸出手說：「就是現在！該走的時候到了！」

艾菲小姐沒有多想，也真的跟著走了。這樣離開是再好不過了，整個過程非常順利。如果不去想可能的後果、不去想可能引發哪些爭端和傷害，那麼離開這件事本身就像一件輕而易舉的事。只要願意踏出一步、又一步，然後突然發現自己不只已經踏出屋外，更已經走出一段婚姻的困境。

只要人願意向前走。

艾菲小姐做到了。

加上孤挺花修女牽著她的手，她的腳步更是輕盈。卡爾和夏莎加入她們的行列，艾菲小姐加快腳步，一臉驚懼地回頭看。只見屋子大門深鎖。直到一群人終於彎進街角，她才深吸了口氣，感受到自己激烈跳動的脈搏。艾菲小姐這才笑了出來。這次，是發自內心地笑了。因為她自己也察覺，這次的笑用的是不同部位的臉部肌肉。孤挺花修女心平氣和地跟她說明，接下來她們要進到修道院裡面去。到了那裡，她就安全了，可以好好休息。這時候，她不需要相信上帝，上帝相信她就夠了。

接著，又拐了兩個彎，就看到修道院出現在她們眼前。

修道院的入口處拉起了紅白相間的封鎖線，前面還立了一塊改建的標牌。一名鎖匠正在門上安裝新鎖。

「好了，完工！」眾人來到他身旁時，正聽到鎖匠這麼說。他向孤挺花修女點頭致意道：「很抱歉，但這是我的工作。」

「您怎麼知道我不在裡面了？」修女非常冷靜地問道。

鎖匠指了指安裝在對面那棟樓上的小攝影機。原來總教區付給他一大筆錢，只要修女一離開修道院，就要他馬上採取行動。鎖匠又花錢請一個大學生在夜裡進行監視。只不過這個大學生通常只有頭尾的幾個小時真的會注意修道院的動靜，其他時候都在睡覺就是了。

「我還有東西在裡面，怎麼辦？」孤挺花修女問：「我的衣服呢？還有我種的植物呢？那些植物一定要澆水，不然會枯掉！」

「這就要請您自己與總教區方面聯絡了。我現在就要把新的鑰匙送過去。據我所知，改建工程會在最快時間內開始進行。未來這裡將會改建成高級私人住宅。總之，我說了，很抱歉，但恕我無能為力。」

「才不是！您還能讓我再進去裡面的！」

鎖匠搖搖頭。「這樣您待在裡面不出來的可能性太大了。我必須走了。祝您……」後面的話他就說不出口了。

只留下卡爾、夏莎、艾菲小姐和孤挺花修女等人看著彼此，不知所措。

「那我們去住旅店吧！」修女下定決心地說：「修道院不應該只是一棟建築，一座修道院重要的是裡面的人。未來修道院會在編號二十七的旅店房裡或是任何一處我們住進去的地方。」她現在只想動起來，因為什麼都不做反而會讓她覺得又進到一座新的囚籠裡。對此，艾菲小姐也有同感。

「這樣說不定還更好，」孤挺花修女說：「我出現後，妳丈夫一定以為妳會在本篤會的修道院裡。他絕對想不到妳會住到旅店裡。這樣想來，我不能回修道院裡面，還真是一種機緣巧合！」或許她這樣說，說久了自己也就相信了。這方面她可是有練過的，只是實際做起來，並不像許多人以為的那麼容易。要相信一件事到變成信仰，需要每天、每日付出很多心力才能做到。因為真實的人生往往與之背道而馳。

離去時，孤挺花修女和艾菲小姐交扣著手指，像小朋友上學一樣晃蕩著牽在一起的手。因為和剛剛面臨的處境完全不同，此時的艾菲小姐特別享受這份輕鬆自在的感受。

達西先生的別墅不知何時出現在一行人的左手邊。面對他們的許多窗戶中，只有一扇窗像被周遭的黑暗包圍住一樣亮著燈。

「稍等一下，」卡爾說：「也許還有其他可能。」卡爾不解地看著豎起拇指的夏莎。

雖然走到大門只有幾步距離，但是卡爾努力思考要怎麼說，才能讓達西先生接受他的說法，並且願意讓兩位女性住在自家中。精準措辭很重要，因為達西先生是個很有自己想法的人，或許一聽馬上就覺得卡爾提出的要求太過分而拒絕。

畢竟是有求於人，門一打開，卡爾就摘下頭上的漁夫帽，露出他被陽光和新鮮空氣曬紅了的頭皮。

「霍內旭，」他開口說：「還請見諒，但……」

「……您的讀書會成員來啦！」夏莎打斷他。「她們從現在開始就住您這裡，不然她們也不知道該到哪去了。您房間夠多，這兩人也都是很好相處的人。」

達西先生毫不猶豫地敞開大門請一行人入內。

眾人在大客廳坐了好一會兒。達西先生甚至一度想為來客煮點東西，但就算只是做個荷包蛋配煎馬鈴薯片都狀況連連。不過，至少他現在知道家裡的煙霧警報器沒壞。

這棟別墅的客房多到讓兩位新住客難以選擇。最後，兩人好不容易才選定兩間相鄰且面向花園的房間。據孤挺花修女的評估，這片花園適合種馬鈴薯和白蘿蔔。

卡爾和夏莎兩人在大教堂廣場以長長的擁抱道別。兩人都很期待翌日的再見。

可是隔天晚上夏莎卻沒有出現。

如今卡爾已經不會為此擔心了。他心想，夏莎是個孩子，孩子本來就不是那麼可靠。只能讓他們做他們想做的事，然後予以理解就夠了。他只是覺得可惜，他今天特地把要給西蒙的書帶來了，原本打算和夏莎一起送去，沒想到她剛好今天沒有來。沒關係，反正書不會就這樣不見。

今天他例外地沒有先走去達西先生家，因為那裡預期應該會是今天最精采的送書點了。過去經過一條小巷子時，他總是快步走過。但今晚，當那條小巷子出現在他眼前時，他竟在心裡慶幸自己已經連著好幾天可以走和以往完全不同的路線了。這會不會是人生想要告訴他，他應該保持這種狀態，繼續下去？

他走進那條過去總是讓他感到很害怕的巷子。

會沒事的，他心想。

卡爾深吸了一口氣。一時間，他覺得自己人生中的一切都會好起來。

雖然他也不清楚會怎樣好起來，畢竟他今天把最後一個書櫃裡的書都清空了。現在和他同住的，連一本書都沒有了。但是，他是帶著輕鬆的心情把最後幾本書裝進要送到舊書商那裡的紙箱中。船到橋頭自然直，他非常確定。艾菲小姐不信這個道理、孤挺花修女不信，海克力士也不信。然而，就算面臨絕望的處境，事情還是可能突然出現轉機。至少他仍抱持著這個希望。

他眼前的巷子又暗又窄。簡直就是一條為老男人而存在的老舊道路。想到這裡，卡爾不由得笑了出來。最後，他覺得自己以後還是會走比較亮的路。又想到，如果狗兒在身邊就好了，隨即又想到，說不定這會兒狗兒在浮士德博士那裡過得可好了。浮士德博士這個博學的人肯定到現在都還沒察覺到，曾經很怕四腳動物的自己，如今竟然讓一隻四腳動物住進家裡。

在一座像自己的背心口袋一樣熟悉的城市裡，有一條從來沒走進去過的巷子。

如今一腳踏進來，該是多麼奇特的感受。興許就像在一棟老房子裡面發現一間密室一樣奇妙吧！

卡爾像個觀光客一樣左顧右盼。每個窗台、每個排雨水的水管都讓他著迷，儘管光線昏暗，在他看來，一切的一切仍是如此美好。走進這條巷子是他今天送給自己的禮物。

突然有腳步聲走近他身後。卡爾才轉過身，就看到有人從陰暗處走了出來。有個男人快速走近，是個身材高大，肩膀寬闊的男人。

卡爾認出他。這個男人曾經在城門書屋和莎碧娜吵過架，就在卡爾被辭退那晚。此刻男人站到他面前。

男人一拳落在卡爾的肩膀上，說：「不要來招惹我女兒！聽到沒有？」

卡爾沒聽明白，反問：「您說的是誰？艾菲嗎？」

「你就別裝傻了！你很清楚我說的是誰！夏洛特是我女兒！她有時間應該是陪在我身邊！」男人又擊出一拳，卡爾往後跌了幾步。

「她只是來幫我忙。」

「她不應該來幫你。她該做的就是待在家裡做功課，而不是和你這樣一個神智不清的老人在城裡到處亂跑，或是去什麼捲菸工廠。噢！天哪！她還是個孩子啊！我最後一次警告你：不要招惹我女兒。聽到沒有？」男人又揮出一拳，這一次重重地落在卡爾的胸口上。

卡爾當然知道暴力是怎麼回事。他在《開膛手傑克》（*Jack the Ripper*）裡面見識過發生在倫敦東區的兇殘犯行，也曾駕駛貝爾公司的 UH-1 直升機參加過湄公河三角洲的小戰役，也曾在死亡之淵和薩魯曼的半獸人軍隊[27]對戰過、在條頓堡森林戰役與阿米尼烏斯共同對抗瓦魯斯的軍隊[28]。沒錯，他甚至目睹和經歷了代號「胖子」的原子彈在長期爆炸的場景，看到三體人如何以無人探測器差點擊潰整個人類的聯合艦隊[29]。

對卡爾來說，暴力一直停留在他從閱讀中得到的體驗。他從來沒有親身經歷過，也沒有學過如何因應暴力。他對世間一切的答案都是來自書本。

「我這裡正好有一本小說適合您讀，很棒的一部小說。」卡爾卸下背包，解開繫繩，往裡面撈東西。他想把原本要送西蒙的書送給夏莎的父親。故事的主角是個特別、有個性、喜愛冒險的小女孩。他希望藉這本書讓夏莎的父親了解到，自己有個多了不起的女兒，不應該就這樣把她關在家裡。卡爾把這本書特地用有恐龍圖案的包裝紙包起來。

「你為什麼還要到學校找我女兒？你以為我不會知道嗎？」說完又是一拳，

更重的一拳。這一拳讓卡爾幾乎失去平衡。

卡爾把書塞進夏莎父親大衣的口袋。

「你剛才是要抓我嗎？所以你出手了嗎？你這混蛋，別碰我！」

夏莎的父親，喘著粗氣，他的眼睛因為情緒激動都泛紅了。卡爾在那對眼睛裡面看到淚水，只是他無法理解原因。他不知道，站在他面前的是一個害怕失去自己的女兒，或根本已經失去自己女兒而感到絕望的父親。這個父親衝著喊的對象不是只有卡爾，還有整個任憑這一切發生的可憎世界。他讓卡爾想到席勒（Friedrich Schiller）筆下的強盜頭子卡莫爾（Karl Moor）[30]，明明有顆真誠的心，卻做了嚴重的錯事，最終成為罪犯。

卡爾感到很害怕。

「如果再讓我看到一次你和我女兒在一起，我就殺了你。聽清楚了嗎？」

27 出自托爾金小說的《魔戒》（*The Lord of the Rings*）。
28 發生在西元九年日耳曼人起而反抗外來勢力羅馬人的一場戰役。
29 出自中國作家劉慈欣的科幻小說《三體》三部曲。
30 席勒劇作《強盜》（*Die Räuber*）中的主角。

「可是……」卡爾開口，想要告訴這位父親，夏莎做了多少好事。他想告訴夏莎的父親，他的女兒比整個編纂專業書籍部門的人還要聰明；想讓他知道，他的女兒可以把書蟲畫得很好，還能為名叫狗兒的貓找到可以照顧牠的人。他想讓夏莎的父親知道，她的女兒在捲菸工廠裡把戲演得多逼真，而且還能一下子溜進大別墅裡，讓人追也追不上。

但是卡爾沒機會說。

夏莎的父親雙臂齊揚，使盡全力揮向卡爾的胸口。

這一擊和前面幾拳都不一樣，這一擊讓世界都顛倒了。卡爾只感到夜空不在頭上，地面不在腳下。他只感到，路磚像鐵球一樣砸得他的背劈啪響，最後一顆甚至正中他的後腦勺。接下來，連巷子中原本微弱的光芒也看不到了。

Chapter

7 茫茫黑夜漫遊[31]

有些步行，特別是在夏天的步行，當熱氣讓路磚蒸騰，讓人連呼吸都感到口乾舌燥時，卡爾會把小石頭含在口中舔舐。這些小石頭一定要夠圓潤，才能討好品味它們的舌頭。還要夠大，才不會讓人不小心嚥下去。這些小石頭也要適合在湖面上打水漂，而且是一拋擲能夠在水面上彈跳八次方休的那種。卡爾通常是在鋪滿碎石的前院找到這些小石頭。入口前，卡爾會先到城裡唯一的可飲泉下把它們徹底洗乾淨。卡爾至今還是每每為這些小石頭放進嘴裡帶來的不同感受驚訝不已，畢竟都只是石頭而已。不過仔細想想，各處的泉水滋味也各有差異。

他剛放在嘴裡的小石頭嚐起來有點苦澀，惹得現在嘴裡一腔不悅。卡爾用舌頭攪動它，竟撲了空。小石頭一下子消失得無影無蹤！難道是他自己不小心吞下

31 本章標題致敬法國作家塞林（Louis-Ferdinand Céline）的同名作品（德：*Reise ans Ende der Nacht*；法：*Voyage au bout de la nuit*）。

肚了？或許是因為不小心跌了一跤嗎？

但，他這會兒並沒有走路不是嗎？

為什麼一輛貨車倒車時要發出嗶嗶聲？這時他該讓路嗎？

卡爾睜開眼睛。房間裡有兩面牆披了鵝黃色的漆，餘下各處都被漆上白色，一切看起來都像隨時可以輕鬆沖掉，很不真實。他身旁有架機器以令人安心的規則頻率發出嗶嗶聲。房間裡的另一張床是空著的，上面罩著一層類似保鮮膜的覆蓋物，彷彿派對點心供應商剛送來的麵包點心一樣。然而，這裡的一切怎麼看都不像是要開派對呀！

卡爾試著自己起身，這才察覺到自己的右手上了石膏，左腿也是。他試著去思考眼前看到的景象，頭卻像找麻煩似地疼痛起來。

房裡有一扇門，看來是通向外面的走廊；另外一扇門，應該是通往浴廁。有個角落吊掛著一台關掉而螢幕漆黑的電視機。好一會兒，卡爾只是靜靜地審視著這一切。接著，他伸手摸向擺在床邊、帶有滾輪的床頭櫃，吃力地打開抽屜，在裡面找到電視機遙控器和一本路德版的聖經。

他想把一本書遞給某人……

回憶又回來了。夏莎的父親肯定很快會來道歉，而且夏莎還會帶一本書來給他，希望到時候看到的不會是馬丁．路德翻譯的書。看通往走道的門，這時候打了開來，進來的是一名身穿綠色制服的護理師。看到卡爾睜開眼睛時，護理師對他笑了笑。

「寇洛夫先生，您醒來啦！真是太好了！我是護理師唐雅。」

「您怎麼知道我的名字？」

「我們在您的錢包裡面找到身分證，上面有寫啊！」她指著卡爾掛在衣帽間的橄欖綠色休閒外套。「而且，我在書店遇過您呀！當初是因為您的介紹，我才開始讀《哈利波特》。」又提到，因為喜歡《哈利波特》的故事，讓她認識了第一個男朋友。她就這樣不斷說著。可是之後她發現前男朋友是個渣男，但是哈利波特至今仍是她的最愛。

「我怎麼了嗎？」卡爾問。

「您跌倒了，手腳都有骨折。手臂的骨折比較不嚴重，腿上的骨折就比較麻煩了。另外還有腦震盪，所以您才會連續昏迷了幾個小時。不過您也無須因此自責，以您的年紀，不小心跌倒的情況在所難免。」

「但我並不是……」說到這裡，卡爾就沒有繼續說下去。因為如果說出實情，夏莎的父親會被追究責任，甚至可能因為他做過的事而失去工作。

「我是怎麼到這裡來的呢？」

「說到這個，就有點匪夷所思。」護理師調皮地眨了眨眼，說道：「啊！我不是指救護車送您到這裡這件事，而是您被發現的過程比較離奇。」

「怎麼說？到底發生了什麼事？」

「您的頭先抬起來！」她拍了拍墊在卡爾頭下的枕頭。「有個住在威廉泰爾巷的女人聽到屋外有狗狂吠的聲音，所以跑出來看有什麼事情發生。結果就看到您倒在路旁，可是當時在您身邊的並不是一條狗。」

「是一隻貓吧！」卡爾說著，眼淚幾乎又要湧上來。人一旦哭過後又哭起來，通常就很難停下來了。

「咦？您怎麼知道？」

「我只是想起一個好朋友，」卡爾答道：「一個不只是因為我給的點心才喜歡我的好朋友。」

護理師搖了搖頭。最後她歸結，都是因為卡爾的腦震盪，才讓他說出這些不知所云的話。

卡爾往窗外送出一份無聲的感謝給狗兒，感謝狗兒奇特的精神分裂表現救了他。

接著他感到眼皮一陣沉重，於是再次闔上眼睛。

當卡爾再度醒來，看到一切都沒有改變，只是天色從漆黑的夜晚變成明亮的清晨。卡爾感覺到，自己的雙腿正期待能夠動起來。這兩條腿雖然不是隨時想要衝出閘廂的賽馬，卻迫不及待想要展開送書行程，畢竟幾年來他們這樣也習慣了。

卡爾的視線到處尋找他那雙舊鞋。那可是一雙能讓他感受到路面上每一寸不平整的舊鞋！正因如此，讓他就算閉上眼睛，也有辦法隨時知道自己身處這座城裡的何處。

那雙鞋被擺在病房的另一個角落，用一個塑膠袋包起來。現在他只需要一點協助，就能穿上這雙鞋。而且只要卡爾把它們穿在腳上，一切就會自然而然好起來了。

卡爾在腦中神遊，進行他的送書行程。所有人都在問他去了哪裡。他會回答，沒什麼大事，只是發生了點小意外。

就這樣，當房門打開時，反倒把他嚇了一跳。進房的，另一個護理師，穿著同樣的綠色制服。

「您好啊！寇洛夫先生。我是護理師拉文娜。」

卡爾坐起身來，說：「可以請您幫我把鞋子拿過來嗎？這樣您就可以不用管我了。」

護理師笑著說：「唐雅已經跟我說過，您是個幽默的人。可是我們還必須把您留在這兒幾天。」

卡爾試著自己把上了石膏的腿挪下床來。突然間，像觸電一樣，一陣疼痛竄了上來。他不由得叫出聲來。

「別動！您需要靜養才會好。來，頭抬一下！」護理師把枕頭拍挺。

「那可得要麻煩您跟書店打個招呼。這樣他們才有辦法回應那些來打聽我下落的人。」

「唐護理師昨天已經打過招呼了。她跟書店說，您現在人還躺在醫院，幸好情況不嚴重。這樣說，才不會讓他們太擔心。」

這麼說來，他的客戶應該都問過書店，很快就會來看他了吧！

「您這裡有書嗎？隨便哪一本都好。」護理師手指抽屜正想說什麼，卡爾搶先說：「但可能不要是太重的書，畢竟我現在只能用左手拿書了。」

「很可惜沒有，而且我們這裡也沒有給病人使用的圖書館。如果您想要的話，我也可以到醫院的小賣部幫你買份雜誌。」

「買得到史蒂文生的《金銀島》或是卡爾．邁的作品集嗎？」顧斯塔認為好的作品，對卡爾來說，一定也是好書。

「我想應該只有美國詩人約翰．辛克萊（John Sinclair）的書。至少常看我們的主任醫師買。另外也有《平裝趣味小書》（*Lustige Taschenbücher*）這系列的童書。」

「好，那請您幫我買這個。」卡爾說。

但這時他突然想到，他身上已經沒有錢了。

「呃……不，還是不要好了。」

卡爾想到，夏莎應該很快就會來看他。到時，她會帶書來給他。可能是有小狗圖案的年曆。對了！如果夏莎帶她畫其他書蟲的作品來，這裡應該有地方可以掛起來吧！

但是夏莎沒有來，而且根本沒有人來。

這天沒有來，之後幾天也沒有來。

進到這病房裡來的只有護理師、照護人員或醫師。有時不免令卡爾覺得自己就像進到劇場看話劇，看到同樣的角色由不同的演員來演出一樣。這些固定的角色總是在同樣的時間出場，只是每次出場的台詞稍有不同。他們會在用餐、換穿衣服、洗漱或是小便時給予協助。他們的動作熟練、迅速，有時候甚至顯得有點粗糙。

這些人的到來並不是為了探視他，他們只是為執行工作來的。

沒有人來看他。

入夜後，卡爾偶爾會聽到城裡傳來的狗吠聲。每當此刻，他都告訴自己，這是狗兒在想他。

那些最近幾年來，他較常見到的人中，難道都沒有人會覺得奇怪，是什麼原因讓他好幾天沒上門按鈴了嗎？對他們來說，自己的存在竟是如此無所謂嗎？

直到卡爾出院都沒有人來探視他。

卡爾曾經希望，他們所有人會在他出院時在大門口迎接他，即便他知道，現實應該不會發生。但他還是用夏莎用過的彩色鉛筆把那幅景象描繪出來。他畫下每一個細節，畫中的每一個人都開心地笑著迎接他出院。

但他獨自一人拄著拐杖站在醫院前面時，突然感到人事全非，覺得眼前已經不是他認識的那個世界。

他甚至沒有錢搭計程車，而且他自尊心太強，沒法開口向醫院裡的人尋求協助。於是，他向一位路人打聽了往大教堂的方向，就這樣出發了。

這一路超過三公里的距離，卡爾拄著拐杖，期間停下來休息好幾次，忍受著腋下的疼痛，曾經有三次情節輕微的跌跤，讓身上多了幾處擦傷。

當他終於回到自己位在頂樓的住處，鎖上門後，他任憑自己倒臥在地板上，竟然就這樣睡著了。

屋內的晾衣繩彷彿登山者的安全繩索沿著牆壁攀爬。卡爾用它們緊緊拴住書架和櫥櫃，最後再牢牢綁在窗戶的開關把手和暖氣上。

望眼看去，書櫃裡面空蕩蕩的景象讓他無法忍受，於是他走向書櫃，拾起一支彩色筆，在書櫃的背板上畫上一本本的書脊。他對之前最愛的幾本書各自擺放的位置瞭若指掌，倘若畫到忘記書名的書，他就寫上其他讀過的重要著作書名。他在臥室裡畫的是情色小說家薩德侯爵（Marquis de Sade）和義大利風流才子卡薩諾瓦（Giacomo Casanova）這兩位十八世紀作家的作品。不過，他這樣做的目的最終也只是想藉這兩位情色語言藝術家的文采，諷刺他那張床上可悲的實情而已。

寫完所有書名後，反而讓他更加意識到，自己失去的是如何珍貴的寶藏。沒有了書本的幾個房間裡怎麼聽都覺得不對勁。空間裡飄蕩的陣陣回音讓他覺得彷彿置身墓穴中，所以卡爾也不再大聲說話。

他也不再走到門前。糧食儲藏間裡擺了一些罐頭，裡面醃漬了黃瓜、橘子和剖半的梨子（少糖），以及一些溫和調味的德國酸菜。他食量不大，幾乎不會有感到餓的時候。既已決心早日離開這個世界，如今的他一天吃得比一天少。他想就這樣下去，直到某天他的身體也同意他不再值得每天清晨醒來。

卡爾不畏懼死亡，從來沒有。他在城郊一個專門種植三色堇供墓地使用的村子裡出生和長大。因此，死亡自小常伴他左右，即使在他風華正茂的青春年少期間。

到了第三天，卡爾拉下屋內所有百葉窗。他已經不忍心再看到這座曾經屬於他的城市。這座城，現在對他來說已經變得既陌生又危險，早就不是那座他走了好幾年、鞋底幾度被路磚磨破、裡面的人溫柔對待他的城市了。

如今這座城裡的人對他棄如敝屣，也把他忘了。

他的頭、手、腳偶爾劇烈疼痛，他竟為此感到有些慶幸。因為這是現在唯一能讓他從悲傷的情緒中轉移注意力的事。

很快地，他也不再數算過了多少日子，只是逐日把褲腰帶繫得更緊，最後甚至到了要用開罐器在褲腰帶上多打幾個洞才夠用的地步。他已經感受不到白天和黑夜的變換，幾乎只躺在床上，望著天花板，偶爾小睡片刻，不久醒來後馬上又陷入沉思。

卡爾想著，沒有了書也不用送書的送書人便一無是處。所以不再有人知道他的事也是意料中的事了，畢竟他等同於不存在了。

過去他總是夢想著在閱讀中死去。到那時，他手中定要握著一本吸引人的書，讓他不會覺察從生到死的過程。

現在只剩一本老舊的電話簿。那是他唯一無法換成錢的書。他並沒有真的在讀，只是握在手裡，讓指尖滑過紙張，靜靜地翻頁就令他感到安慰。

在威廉泰爾巷和卡爾說過話後，夏莎的父親一回來就把九歲女兒的書本全部丟出窗外，扔到大樓的水泥中庭裡。夏莎哭喊著緊緊抱住他的腳不讓他走動，但是她的書還是一本接著一本被拋出窗外。書本重重落地前都展開了書頁，猶如白鴿乘風展翅。最後一本本像墜樓一樣橫躺中庭，有幾本甚至像散落一地的羽毛般支離破碎。

夏莎聲嘶力竭地哭著，只見這世界模糊成一片。就連她父親咆哮著走出房間，她也停不下來。

直到她隱約聽到父親在看電視的新聞播報聲，她才安靜下來。夏莎偷偷溜出家門，躡手躡腳地走下樓梯，到中庭撿拾她的寶貝，整理一頁頁散落的書頁。回房後，她把所有書本藏在床下的箱子裡，還把幾隻絨毛動物布偶安置在箱子前。她想讓這些絨毛玩具守護她的書寶貝。

從這天起她被禁足了，只能每天晚上敞開窗子遙望大教堂廣場。她想著，至少在這裡她還能向送書人揮揮手。可是卡爾終究沒出現。

感覺一點也不像卡爾的行事風格。

然後，夏莎作了幾個奇怪的夢。那些夢讓她很擔心卡爾的狀況，她多希望自己醒來後就會忘記夢的內容！

於是她撥電話到書店詢問。接電話的人只是告訴她，卡爾已經不在那裡工作了，而且他們現在很忙，沒有時間多講。問到卡爾的住址時，電話那一頭的人說，他們無法對外透露他的住址。還強調，他們可不是什麼查號台或詢問處。夏莎聽得出來電話那一頭的莎碧娜有多不耐煩，但她不知道的是，莎賓娜不耐煩的原因來自於已經有太多人打過電話來詢問卡爾的下落，而且每天打來的電話似乎越來越多。有些人甚至沒買過書，也打電話來詢問卡爾的狀況。因為之前他們每天晚上準時七點，都會看到這個穿著綠色衣服、戴著寬簷帽的人展開他的送書行程。這個人早就像大教堂一樣，成為這座城市的一道風景。

夏莎決定要找到卡爾，所以她找來相關的專業書籍來看：她的幾本偵探推理小說。她很快確定，故事中的三個問號和五個好朋友都指向同一個方向：要找到真相，就要潛入怪事發生的地方。她從書上得知，無人看守的後門通常是最好的潛入點，而且後門前方偶爾會有存心不良的員工在老闆看不見的時候，偷偷到這裡來抽菸。

夏莎把她的偵探證件、有秘密夾層的偵探手錶、彎角望遠鏡、帶快速自動射擊功能的偵探槍和裝了隱形墨汁的筆都放進書包裡。這些裝備早就在等著哪時有這樣的時機好大展身手啦！

隔天放學後，她急匆匆地跑到城門書屋。可惜的是，城門書屋既沒有後門，當然也就沒有心術不正的員工在後門前偷偷吸菸。如果有的話，至少還可以賄賂一下或是在偵探手槍的威脅下，打聽到一些消息。夏莎雖然沒什麼東西好進行賄賂，但是請吃一大球皮諾冰店的企鵝冰淇淋總還是夠的。何況最近這家賣的冰淇淋味道還真不錯呢！

最後她只好從書店的正門找機會溜進來。

為了不被認出來，夏莎把頭頂上掛著裝飾用飛行員眼鏡的保暖帽壓得很低，然後把黃色厚外套的衣領拉高。接著，為了不暴露行蹤，她走到書店最偏僻的角落，從書架上取下一本書。

剛翻開書，就有人站到她身邊來。

「妳來情色文學區做什麼呀？」雷昂笑著問。

「嗯！」才說著，一本名為《令人嚮往的熱情》的書就從夏莎手上掉了下來，她直覺地在大衣上用力擦自己的手，又退了幾步，刻意和那本書保持距離。天啊！看電視時出現親吻的畫面時就已經夠令人尷尬的了！

「妳在找什麼書嗎？」這本來就是雷昂做為書店店員該問的句子，但問題是，他自己也不清楚什麼書擺在書店的哪個角落。好吧！應該說，他只是還搞不清楚各個方位而已。

「你認識卡爾嗎？送書人卡爾？」

「他已經沒在這裡上班了。被我們老闆辭退了。」

「什麼！為什麼？」

「有個傢伙來客訴，來這裡大吵大鬧的那種。說什麼卡爾帶他女兒去散步。事情好像是，來的人是那女孩的父親，然後卡爾沒經過他同意，就帶他女兒在路上閒晃。不過，除了卡爾以外，我是想不出來還有誰照顧小小孩會比他更細心啦！卡爾絕對不會有什麼問題的！」

因為一個小小孩？不會吧！那個小小孩可是什麼都不知情啊！

「卡爾在路上掉東西了，我一定要給他送過去。是一把鑰匙。可是我不知道，哪裡可以找他。」

「我可以跟妳說他的住址。還掛在辦公室裡呢！跟我來吧！」

雷昂把夏莎帶到書店後方那間沒有開窗的大辦公室。牆上有張字條，上面列了所有書店員工的姓名、住址和電話號碼等個人資料。夏莎拿出筆把卡爾的聯絡方式整齊地寫在手背上，心裡還得意著自己的第一個偵探任務馬上就要出師大捷囉！

這時站在夏莎身後的莎碧娜突然不小心笑出聲來。

「雷昂，你帶個小女孩來這裡做什麼啊？她做你女朋友不會年紀太小了點嗎？」

「我已經九歲啦！」夏莎忿忿地回嘴：「其實已經不止十歲啦！而且不是都說女孩子的心智會比男孩子還要成熟兩年，有些甚至三年嗎？」夏莎的語氣根本在透露，她自認絕對是屬於後者。

反倒是雷昂只敢小小聲地回話。因為莎碧娜同意在他實習結束後，讓他留下來擔任助理的工作，他可不想失去這個工作機會。「我們在學校就認識了，她只是剛好經過，順道來看看。」

「你們兩個在這裡做什麼呢？你明知道，這間辦公室不能隨便讓顧客進來的。有沒有想過，如果顧客見到後面這麼亂，他們會怎麼想？」

「她想在這裡實習。」雷昂語帶解釋地說：「所以我才帶她到處逛逛，順便說明一下工作內容。再說，她不覺得這裡的混亂是什麼大不了的事。」

「一點也不亂。我的房間比這裡還亂呢！至少有時候是啦！很少發生，但確實會有那種非常亂的時候。」

「聽到這些話，我可沒辦法說能讓我對未來的實習生有好印象。好了！現在滾出去！你們兩個都出去！」她轉向夏莎說：「想來這裡當實習生的話，妳年紀還太小。再說，妳看書嗎？」

「沒──」夏莎堅決地說，因為她一點也不想和眼前這女人聊到關於閱讀或書本的話題。這類話題只有和自己喜歡的人才聊得起來，而眼前這女人竟然開除了卡爾！

「這樣的話，很遺憾我們這裡沒辦法用妳。」停了一下子，莎碧娜又說：「妳手背上寫的是什麼？上面有『寇洛夫』幾個字，我有看錯嗎？手伸過來給我看看！」

糟了！她剛才怎麼沒用隱形墨水抄資料呢？答案是：因為隱形墨水遇到溫度高的環境就會顯出字跡。剛才夏莎太緊張了，所以體溫一下子就過高了。

莎碧娜伸手想抓住夏莎的手腕，夏莎見狀馬上跑開。對像她這樣經常玩跳格子遊戲，還經常圍著卡爾轉的人來說，在書店的桌椅、櫃、架間躲迷藏簡直是小兒科。

但這點小運動對莎碧娜來說可就不那麼簡單了。

夏莎終於脫困後，她也毫不耽擱，馬上走捷徑往手背上的地址跑去。過程中她不斷左顧右盼，確認沒有人跟著她。走到卡爾住的公寓大樓時，夏莎一點時間也不願浪費地馬上按下門鈴——如果那真的是卡爾家的門鈴的話。那個門鈴上的名牌寫著「E．T．A．寇洛夫」，但除此之外，沒有其他名牌上用的是同樣的姓氏，所以應該就是這個沒錯吧！可是等了一會兒對講機沒有任何動靜，也沒有開門的聲音。於是夏莎很快把所有門鈴都按上一遍，不久後聽到有個微弱的聲音從對講機擴音器傳來，問誰按的門鈴時，夏莎很快回「郵差送信」。因為她住的公寓樓也常出現這種情形。

果然馬上傳來開鎖的聲音，她馬上把門推開。她跑上樓梯，查看每戶門外的名牌，想要找出卡爾住在哪扇門後方。在找到掛著「寇洛夫」這個姓氏的名牌後，夏莎馬上連按了三響門鈴。

可是卡爾沒有來應門。

他現在一點也不想要收到任何郵件。反正現在他只會收到罰單或是沒用的廣告傳單。

夏莎敲門時，卡爾把自己鎖進浴室，並且把收音機開得很大聲。所以他沒有聽到夏莎在喊他的名字，當然也就聽不到她哭得有多大聲了。

回到家中，夏莎看到父親的外套掛在玄關衣帽間。但馬上又想到，這個時間點父親應該不會在家。

客廳傳來電視機的聲音。夏莎輕聲問：「爸爸？」

夏莎心裡其實希望沒有人回應她。因為不想錯過任何一點動靜，她屏住呼吸，默默在心裡念著：「一、二、三、四、五、六、七，老太太鍋裡煮甜菜，老太太爐上燙肥肉……然後你就不見啦！」沒有人回應。所以父親不在家嘛！

「小寶貝，請進，請到我這裡來。」

夏莎氣得跺腳，接著怯怯地走進客廳。

她的書全都擺在桌上。原來父親在她的床底下找到這些書，這會兒把它們全部搬到客廳來。絨毛動物兵團築起的防守線最終還是沒能堅持住。

「夏洛特，坐下吧！我們需要談談。」

「我什麼都沒做喔！我需要把那些書收回來，不然鄰居會抱怨，尤其是二樓的卡辛斯基太太。而且我也沒有跟送書人一起到處亂跑了。我說真的！」

「坐下。算我拜託妳了！」

「用不著拜託，真的！」

夏莎氣呼呼地用力坐到沙發上。隨即抱住縮起的膝蓋做出防衛的姿勢，說：「好吧！你可以先說，打算要怎麼處罰我吧！」

父親的眉頭皺在一起，說：「處罰？我沒有想要處罰妳呀！我應該要處罰妳嗎？」

「那你現在想清楚吧！我要馬上知道，你要怎麼處罰我。等待被人告知會有什麼處罰的過程，實在是太令人討厭了。」

「我常這樣嗎？」父親說話的語氣不再像平時那麼鏗鏘有力。「我常讓妳等嗎？」

「我不知道。好吧，有時候啦！反正你是個大人，你們大人都這樣。現在可以說了吧？要怎麼處罰我？」

他將桌上的書整齊地疊在一起，說：「我不知道接下來要說的算不算處罰。」

「怎麼會有人不知道自己在說什麼？我都能馬上知道，反正處罰就是令人討厭的事嘛！」

夏莎的父親將一疊書推到她面前。開口說話前，他看了夏莎一眼，「處罰是，我要讓妳依妳的性子長大。不再限制妳、讓妳自由發展。」

夏莎聽到這番話，馬上坐直身子，然後把頭歪向一邊，心裡想著：自己的爸爸剛才都說了什麼呀？「爸，你說的是什麼意思？」

「以後我會花更多時間跟妳在一起。因為身為妳的父親，我對妳的了解竟然比不上那個老送書人。」他坐到夏莎旁邊。「妳知道，我把他……」他深吸一口氣後，繼續說：「我之前確實很氣他，也很氣妳，但其實我氣的是我自己。現在妳可能無法理解，等妳長大一點，我會慢慢解釋給妳聽。」夏莎當然聽得懂。只是她已經習慣，大人都覺得她聽不懂。父親接著說：「我去找他了，去找妳說的那個卡爾。我找他談了，應該說，我是罵了他，而且很大聲那種。」夏莎的父親低下頭繼續說：「實情是我吼了他，而且出手推了他。我出手是重了點，結果讓他跌倒在地……」

夏莎一聽跳到沙發上。「那你把他拉起來了嗎？」

「沒有，我就……讓他躺在原地。」

「你太壞了！你是壞人！我才不要你這樣的爸爸呢！」說完，夏莎跑進房間，馬上把房門鎖起來。

夏莎的父親現在也不強迫她把門打開。他只是坐在夏莎房門前的地板上說話。這種時候這樣的距離說不定還更好一些，因為此刻他不想看到夏莎臉上厭惡他的表情。這個女兒是他的唯一和全部，每天他都覺得自己對她不夠好，表現得不夠關心她，對她不夠細心、不夠用心。最重要的是，他總覺得自己沒有足夠的時間陪她。而且，就算他抽出時間，和女兒在一起時，又不知道怎麼帶她一起做些有意義的事情。他常覺得，這個女兒每天離他越來越遠。於是他看到女兒的身影也越來越小，小到都看不清楚了。這或許是很常見的情況，可是他想要再次感受到女兒的心，他想知道自己的女兒對哪些事情感興趣。

所以他讀了那本書。

「之前妳常說，我該看書。妳說，如果我能多看點書就太好了。可是晚上我都太累了，而且讀一本書感覺需要花很多時間。所以我一直沒有開始做這件事。但妳的卡爾，他塞了一本書給我。他跟我說，這本書寫得很好，而且剛好適合我讀。當時那本書用……幼稚圖案的包裝紙包起來。上面都是恐龍和亂飛的蜥蜴那種圖案的包裝紙。我還想說，裡面會是怎樣的一本書？怎麼可能會適合我讀？我沒有當場把那本書扔掉，只是因為我當時一心想盡快離開現場。不想讓人看到，認為是我把那個老人揍倒在地的。」

「但是你確實把他揍倒在地了啊！」夏莎在房裡喊道。

「是那樣，沒錯。可是我還是不想其他人知道我做了那樣的事。回家後我把書拆開，馬上放進抽屜裡，只想趕快擺脫那本書。當時就是不想看到那本書。」

「為什麼你不讀那本書？卡爾都能知道哪些書對誰有益。」

「那是一本童書，我還小的時候就不怎麼看書了。」他伸出一隻手撫著門板。

「後來我看到妳在中庭撿那些被我丟出窗外的書。我有充分的理由那樣做。噢！妳別理解錯了，我生氣是因為妳騙我在先，而且還連續騙了幾個星期。妳沒做作業，竟然是跟送書人在路上閒晃！甚至在我明言禁止妳後，妳還是沒有收斂！算了，我現在不是要跟妳討論這些。我現在已經看到，那些書對妳來說有多重要，而且對於我把那些書丟出去，我也感到良心不安了。」

「你確實應該感到良心不安！」

夏莎的父親不得不笑出來。「為了能更了解妳，當然也為了能得到妳的原諒，我讀了卡爾給我的那本書。一開始我也只能翻讀少少幾頁。每天晚上等妳刷完牙，上床睡覺後，我都已經累壞了。不過讀著、讀著，越讀越有興趣。那本書叫《強盜的女兒》[32]，不知道為什麼讀起來就覺得書裡的主角根本就是在寫妳。故事裡面也寫到一個糟糕的父親，那不就是在寫我嗎？」

「當然是！」

夏莎的父親在書中讀到，主角是個最終要走出自己的路，但成長過程中仍需要父親，也就是強盜首領支持的女孩。書中也寫到一個愛上戎雅的少年郎，名叫畢克。如果西蒙讀到這本書一定也會知道這個角色是在影射誰。至於戎雅的父親馬諦斯這個角色，他根本就不會在意。

「妳可以去找妳的送書人了。」夏莎的父親說：「但前提是，我們也要有時間一起做一些事情。什麼事都好，只要是妳想做的事。但不要是閱讀，我可沒想一下子改變太多。妳覺得呢？」

夏莎不發一語。她在心裡想，現在告訴父親她今天做過什麼事，會是對的時間點嗎？說到底，現在房門是鎖的，反正他也進不來。她當然也可以把握這個機

32 瑞典童書作家阿絲特麗·林格倫（Astrid Lindgren）的作品。林格倫的另一知名作品為《長襪皮皮》。

會，要求父親提高零用錢的金額。

但是卡爾更重要，而且是非常、非常重要。

「你剛才承認做了蠢事，相比之下，我的回應態度算很好了，對吧？我能理解你為什麼做那些事，而且沒有記仇。」

「妳說這些有什麼用意嗎？」

「你只要回答是或不是就好了。」

「是啦，已經算好了，可是……」

「好，那你就記住你現在說的話就好了！」夏莎在房裡站起身來，踮起腳尖，說：「我已經有好幾天沒有在大教堂廣場上看到卡爾了，昨夜我還作了很奇怪的夢。我說的奇怪，不是指有趣那種奇怪，而是詭異到讓我感到害怕的夢境。我夢到卡爾在看書。可是被他讀到的字就會消失，他讀過的頁面就會變成一片空白。所以他不想讀某一本書，因為只要他讀了那本書，裡面的字就會永遠消失不見。但是有人強迫他讀那本書。我現在已經記不得那個人是誰了，昨夜夢裡我明明還知道……算了，那已經不重要了。重要的是，那本書裡面的字果然消失了，而且卡爾也跟著消失了。原來那是一本寫他的故事的書。因為作了這個奇怪的夢，我覺得我一定要去找他不可。」

「這是妳今天放學後這麼晚回家的原因嗎？」

「卡爾已經不在書店工作了，都是你害的！在你去過之後，書店的女老闆就把他辭退了。」

靜默了好一會兒後，父親說：「真的……很抱歉。」但事情已經發生了。而這正是他當時希望的結果。有時候希望的事情實現了，反而是一種詛咒。

「你要做些事來彌補發生過的一切！一定要！」

「妳覺得，如果我去書店的老闆那裡把一切解釋清楚，她會再雇用他嗎？」

「我很擔心卡爾。我去書店拿到他的住址。可是我去找他，沒人來開門。」

「會不會有可能他剛好不在家？比如說出門買東西之類的。」

「我覺得不是，」夏莎搖搖頭。「我就是覺得有點不對勁。爸，我真的太擔心了，你可以幫我嗎？」

「只是有個條件。」

「什麼條件？你可別再說什麼蠢事了。」

「條件就是妳從房間出來，然後我們馬上出發。」

夏莎的父親用力敲門，這下子就算卡爾在浴室裡也不得不聽到了。他的鄰居也都聽到了，一個個像報時的布穀鳥走出咕咕鐘的小門般，從自家公寓探出頭來觀望，紛紛抱怨動靜太大吵到人了。這一切卡爾都聽進耳裡了。接下來抱怨聲越來越熱烈，這連珠炮式的叫罵聲讓卡爾覺得自己的身體越發虛弱，他現在只希望一切盡快平息下來。最後他別無選擇，只能把門打開，領取掛號信。

「就出來啦！」為了平息敲門聲，卡爾在屋內喊著：「等我幾分鐘！」卡爾穿好衣服，把頭髮撥齊整。雖然沒有多餘時間讓他刮鬍子，看起來也夠體面了。他想著，等一下如果要接收的是罰單，至少自己還穿著得體。開門前還不忘在臉上掛上一抹勉強的微笑。這是從艾菲小姐那裡學的，想必她現在已經不需要這樣做了。

他先伸出一隻手確認牢牢握住晾衣繩，再用另一隻手把門打開。

「你怎麼變成這副模樣啦！」夏莎一臉憂心地走上前去，輕輕撫著他的臉頰說：「你生病了嗎？」

卡爾看到夏莎的父親，馬上往後退了幾步。「別來煩我！」

「你的腿怎麼了？你的手不能彎了嗎？還是只是看起來這樣而已？」

夏莎伸手想要撫摸卡爾的手臂，卻被他一把甩開。不過，這也讓夏莎清楚看到，卡爾確實無法伸直自己的手。

「妳走！我誰都不見！」

夏莎的父親用舌尖濕潤了自己的嘴唇。因為他不擅長說出接下來要說的話，因為過去他一直被灌輸，這樣說話就是對人示弱。「我很……抱歉。很抱歉，那麼用力衝撞您，我在這裡致上十二萬分的歉意。您現在這樣……是我造成的嗎？」

卡爾重重地把門關上。

這世界上已經沒有他這個人了。既然沒有這個人，也就無法再與其他人交談。過去幾天，他一直在等待任何一個想知道他卡爾・寇洛夫這個人下落的人，但是都沒人來。現在卡爾・寇洛夫不再想知道其他任何人的消息了。

那天晚上，夏莎沒睡，她整夜琢磨一個計畫。她把那些給小孩玩的偵探裝備玩具都收了起來，現在要做的可是很嚴肅的事情呢！

在被卡爾拒於門外之後，夏莎和父親走訪了卡爾之前的每一個客戶。她想讓送書人重新走上街去，而這需要整個城市的力量才能做到。

夏莎把事情的發生經過像故事一樣寫下來，日記本上原本的空白頁都被她寫滿了。一路刪刪改改、有些地方還畫上星星做記號，表示還要回頭補充一些內容。她用好幾個小時做這些事。一切就以一句話開始：卡爾把門打開。

卡爾把門打開。所有人的聲音進到對講機再傳出來，都像身處極地風暴之中。

「送書來給寇洛夫先生！」夏莎說：「發送地是城門書屋。」夏莎刻意把聲音壓得很低，夾雜幾個輕到讓人聽不清楚的音，間或發出幾聲咳嗽。

當夏莎走到卡爾的公寓門前時，她的喉嚨還持續搔癢著。她已經想好，到時這扇門應該只會打開一個小縫，她必須把握機會迅速鑽進屋內。

夏莎的計畫果然奏效，這讓她得意地大笑出來。卡爾已經很久沒有聽過笑聲了，更何況還是這麼美妙的笑聲。

「住在書堆裡的人，你好啊！」夏莎說著的同時，好奇地看向其中一個房間。「哎呀！你這裡怎麼一本書也沒有了呀！」夏莎跑進另一個房間，那裡面也沒有半本書，只有一個生鏽的床架，上面也沒有床墊。「你全部的書呢？」

卡爾走向她。他的一隻手持續拉著晾衣繩。「你全部的書都去哪裡了呀？」

卡爾指了指自己的腦袋，又指向自己的心臟，說：「這裡和這裡。」

「你明明知道我想問什麼。」

「賣掉了。不過我不想談這件事。」

這會兒夏莎終於清楚看到卡爾像變了一個人似的：他的臉龐整個過於削瘦，

姿勢也彎腰駝背得厲害。原本炯炯有神的雙眼，這時也顯得惺忪睏倦。眼前的卡爾讓夏莎想起在達西先生家的花鐘上看過一種花，在明亮的陽光照到它之前，那種花總是垂頭喪氣地緊閉花苞。

夏莎覺得，該她好好表現的機會到了。她今天就要成為卡爾的太陽！

「準備好了嗎？」夏莎問。

「準備好什麼？」卡爾回問道。

「當然是你的工作呀！」

「夏莎啊！我已經不在書店工作了。那個人生階段已經過去了，妳就不用麻煩了。」

「一點也不麻煩。現在我們下樓吧！你可以扶著我。上個禮拜我又長高了呢！」

「現在做什麼都沒用了，讓我待在這裡吧！」

「我就要你幫我這件事，」夏莎說：「而且是立刻、馬上。」說完她做了個調皮的鬼臉。

卡爾注視她好一會兒。「所以妳都計畫好了，對嗎？」

「對！而且你完全沒有說不的機會。」

當兩人下樓來到大門前，卡爾必須停下來休息一下

「進入第二階段！」夏莎說話的聲音小到卡爾聽不到。

夏莎的父親站在一部助行車旁。這部助行車是他親手改裝的，有個籃子可以用來裝書，看來連大尺寸的地圖集也放得進。他還特地為這部助行車裝上了大輪子和避震彈簧，減緩走在這座城市舊磚道上的顛簸。

「顏色是我選的，」夏莎說：「這樣大家都能看到你！」

那可是非常顯眼的螢光黃色，在黑暗中應該很顯眼。

「您試試看吧！」夏莎的父親說：「我可以馬上為您調整尺寸。」

兩三下工夫，一切都調適妥當後，卡爾推著助行車往前走了幾公尺。「這台車可能很實用，可是書店已經把我開除了。」

「我們知道，」夏莎說：「所有人跟我來。接下來要進入第三階段啦！大家走快一點！」她迫不及待地往前走。真是太好了！有了搬書的車子，卡爾移動的速度比以前更快了。一行人走到大教堂廣場前隨即彎進聖母街，然後停在摩西舊書店前。浮士德博士已經在那裡等他們了。

「寇洛夫先生，您好啊！見到您真是萬分欣喜！」

「您能告訴我這裡發生什麼事嗎？其他人都不願意透露一點消息給我。」

浮士德博士看向夏莎，夏莎對他點頭回應。「嗯！起初我的努力不如您這位年輕的夥伴預想的那樣成功。雖然我竭盡所能地提出有力論點，仍然無法說服古魯柏女士重新雇用您。她只說，剪掉的舊馬尾是接不回去了。但她用了『舊馬尾』這個詞卻給了我新靈感。在我認識您，得到您的購書建議前，我偶爾到摩西舊書店買書。可是這家書店給的建議，至少店主給的建議，實在是令人難以恭維。那時候我曾被推薦一些俗不可耐的書。總而言之，到這裡來的人會非常需要您的建議，您在這裡大有可為。其他更多細節就讓店主自己跟您說明吧！」

進入二手書店的門沒有響起鈴鐺聲，而是刺耳地嘎嘎作響。

漢斯．威頓站在梯凳上，正在撢去其中一台老舊真空管收音機上的灰塵。不只這裡，書店裡的書架上到處都有灰塵。有一次他把自己的舊收音機擺到櫥窗上作裝飾，結果引來幾位顧客也把自家的大小珍藏拿來送他。因為大家以為漢斯有蒐集舊收音機的癖好，而他偏偏是個無法拒絕別人好意的人。

「啊！是卡爾啊！你來啦！整件事實在太不可思議了，你倒是跟我說說都發生了什麼事。」漢斯走下梯凳，伸出雙手握住卡爾。「很久以前我就想和你談了，但你每次只是讓那個年輕人把你的書帶過來。我以為總有一天你會自己來一趟。不過，現在你就在這裡，真是太好了。博士先生已經跟我說過你的情況，而且很客氣地指出我賣的史學書裡面有幾本錯得離譜。」

卡爾踩上助行車的煞車。「漢斯，老實說，我不知道我到這裡可以做什麼。」

「工作啊！卡爾，不然還能做什麼？你和我都很清楚，我老伴離世後，我這裡就需要一個像你這樣的人。你對書瞭若指掌，可以幫人找書。我作分類和清灰塵是沒問題。至於書店，原本辛苦一點勉強還可以經營下去。可是自從我老伴馬莉雅去世後，上門的客人是越來越少了。」

「非常感謝你的好意，可是這樣一來，我就不再是送書人了。」

「你晚上還是可以送書啊！」

「現在還有誰會訂二手書店的書，還讓送上門去的？這些書都被翻過了。」

一條走道傳出打噴嚏的聲音，接著就看到達西先生走出來。「這什麼亂飛的好日子，」達西先生一臉歉意地說：「真不知道那些粉塵怎麼有辦法在那麼多書本之間找到我的鼻子。反正，它們是成功了。艾菲小姐是跟我說過幾個防治粉塵的方法，不過目前看來這些粉塵還不夠忌憚這些法子。」他走向站在浮士德博士和自己父親身旁的夏莎。「這位年輕女士想到一個好方法。就我看來，現在這裡又是她想出的眾多好點子的其中之一。卡爾，以後我會提供資金給你。」

「提供資金？資助什麼？」卡爾環顧四周，尋求協助。

就是現在呀！夏莎心想。她的計畫要能成功，非得卡爾馬上應好不可。「好」，就一個字。但是效用可大了！

「現在開始你可以把書送給那些買不起書的人，」夏莎急著說：「那些人可以到這裡登記，之後由達……由他來支付這些書的費用。」夏莎邊說著，邊指向還沒對她表明自己真名的克里斯堤安．馮．霍內旭。「我們的修女正在為這次活動撰寫新聞稿。她說，過去幾年她經常需要和報社聯繫，所以這件事可以交給她來做。長襪太太也說了，之後由她來負責檢查文稿是否有拼寫錯誤等問題。基本上，一切都安排好了。你只要說好就可以了。很簡單。」

卡爾覺得自己老弱不堪。現在所有人的視線都集中在他身上，大家都期待卡爾會覺得自己能承擔起新任務。如此一來，反而讓他的這份感受更加強烈。他於是說：「你們確實花了很多心思和努力，尤其是夏莎妳。可是……」

「這裡是今天要送出去的書，」漢斯邊說著邊走到一疊書旁邊去。「這些書是為幾位忠實顧客準備的。我知道這幾位顧客的閱讀喜好，只是他們在經濟上比較負擔不起買這些書的錢。」

「威頓先生沒法出門送書，」夏莎果斷地說：「他沒有時間做這件事。」夏莎望向其他人，因為她已經預先把寫好理由的字條分送給在場的所有人，好讓其他人幫忙說服卡爾。

「而且威頓先生對這座城市，就像對他店裡的書一樣不熟。」浮士德博士補充說。

「運送書本的車也不適合他，而且車子的高度已經不能再調整了。」說這話的是夏莎的父親。

浮士德博士看了另一張紙條。「還有啊，天黑後，威頓先生不喜歡在城裡走動。」

「不需要更多理由了，」達西先生說：「現在您應該盡快去送書，不然……它們就要凋謝了。」說完，他自己也忍不住笑了出來。

卡爾看向一張張充滿期待的臉龐。如果真如莎士比亞說的人生如戲，那麼現在的情況就是觀眾要他加場演出。

面對這種場面，一個想要顧全體面的老演員通常是拒絕不了的。

由於卡爾還沒有很習慣操作這部助行車，只能緩緩地將車移到書堆旁。讓人把包裝紙、剪刀和膠帶這些物品送過來，再由他把書包好。最後，威頓先生一一告訴他收件人的資料，就這樣，他出去送書了。所有人跟在他後面。途中，艾菲小姐、海克力士、朗讀者和長襪太太紛紛加入他們的行列。

狗兒也出現了，狂吠著圍繞眾人跑呀轉地，活脫就是隻帶領羊群的邊境牧羊犬，牠也終於找到自己的使命了。

「現在這隻貓固定住在您那裡了嗎？」卡爾問走在身邊的浮士德博士。

「哎呀，牠啊！在我那裡總是安分不了幾天。不過都還是會回來。大概也只是因為好吃的點心吧！」

「不是，」卡爾說：「牠只是做做樣子罷了。對野貓來說，這可是關乎面子的問題啊！不然您覺得其他流浪街頭的貓會怎麼看牠？」

重新穿梭在市街上是很美好的一件事。不僅可以用腳真實地感受，還可以聆聽、嗅聞這個城市。過去他把書背在肩上，每送出一本書，肩上的重量就少一點。如今肩上這份負擔不見了，但是能隨時看到放在前面籃子裡的書，也是令人感到愉快的事。他還特意為了保護書角，在籃子裡面鋪了一張毯子。

步行途中有段時間他沒說話，不久他低頭對夏莎說：「妳安排得真好。其實只要不是妳不擅長的事，妳真的都能做得很好。」

「可惡！」夏莎笑著說：「你送我爸爸《強盜的女兒》這本書，真是太高明了呢！」

「噢！那本書其實是要送給妳的西蒙的。我們之後還要再送一本給他。」

「他才不是我的西蒙！」夏莎不高興地努了努嘴巴。「前天我因為體育課拿了個勉強及格的成績而大哭時，他是來找過我還又推我了。只是這次是帶有好意的態度。」

「看吧！」

「你要把書給他，你自己一個人去喔！」

「沒問題！我一個人去，然後妳也一個人跟在我身邊去。」

卡爾已經知道，他不能太擺明反駁這個小女孩的想法。小女孩想要做什麼事時，她必定會全力以赴設法做到。相形之下，他已經老到反對無效了。

「我後來還有想過妳的名字。」卡爾說。

「是吧？終於！」

「還真不容易。」

「當然啦！我自己也這樣覺得。因為我就跟你一樣古怪啊！而且我現在才九歲，所以我以後應該會比你更古怪才對！」

卡爾很想摸摸夏莎的頭。可是如果那樣做，他勢必會失去平衡。於是說：「最開始，我覺得妳是《說不完的故事》（*Unendlichen Geschichte*）裡的巴斯提安。」

「但我是女生啊！」夏莎抗議道。

「巴斯提安想像力豐富，而且力量強大。只是他並不知道自己有多厲害，所以這點又跟妳不一樣。妳很清楚自己的能力。」

「真的！我可厲害了！」夏莎做出展示手臂肌肉的模樣。

「於是我又想，強盜女兒戎雅應該對得上妳了吧？可是戎雅是個熟悉林野生活的孩子，而妳習慣城市生活。妳需要吃得到企鵝冰淇淋，也需要有很多人在妳身邊的環境。想來想去根本找不到哪本書裡面有哪個角色跟妳一樣的。」

「可是你剛剛明明說你找到了？」

「不，我是說，我思考過這個問題。」

夏莎踢了腳邊的石頭。

「不過就在剛才，我想到一個解決方法。」

「結果你現在才要說重點？」

「我想製造點緊張氣氛嘛！」

「你這可惡的老頭子！」她調皮地笑了。「那你現在說嗎？不然我要哭了喔！」

「不了，別再哭了。我偷偷告訴妳：我打算像朗讀者一樣寫一本書。我的書裡面會有一個像妳一樣的女孩子，我也會給這女孩子的角色取名做夏莎。這樣對應妳這個人的書中角色名字就是妳原來的名字了！」

「那本書會寫我們的故事嗎？」

「每一本好書都是寫真人的故事。」

「我的意思是，達西先生、艾菲小姐和其他人是不是也會出現在你寫的書裡面？」夏莎停頓了一下，咬了咬自己的上嘴唇。「還有我爸爸。但是，是我那個好人爸爸，不是另一個。另一個爸爸現在反正已經不見了。」

卡爾點點頭。「我會把那本書寫得不像真實故事。我會寫得像是虛構的故事。如此一來，達西先生、艾菲小姐和其他人就是多年來他們在我心中的形象，都是小說中的人物。這樣，即使在闔上書後，這些人都還繼續活在故事中，夏莎也是。」

「我覺得這樣的安排真是太好了。」

「我也這樣覺得，而且是非常好。」

當他們接近暗巷時，卡爾放慢腳步。卡爾覺得，這幾條巷子看起來比以前更暗了。這時，他突然感受到一隻微微顫抖的手搭在他的肩膀上。卡爾轉過身，他想看清楚是誰的手，方才得知原來是夏莎父親的手。

這時，其他人的手也紛紛搭上來。

卡爾深吸一口氣。

「從今往後，你們每個晚上都要跟著來，你們知道吧？」

笑聲響起，不過這只是所有令人開心的事裡面的一小部分而已。因為在夏莎的計畫中，今後每天晚上都會有一個成年人與卡爾同行。幾個送書人一起走過暗夜。

因為書本需要有人引路，帶它們走上正確的方向，找到懂它們的人。

致謝

感謝所有曾經送書給我的人。書本是極其美好的禮物。因為得到一本某人真正喜愛的書，受贈者多少也會接收到這份愛。這是一種效力很大的小魔法。

我要謝謝凡妮莎，她宛如來到我人生中的魔法，因為我寫作時，她一直陪在我身邊。所有從事寫作的朋友應該都很了解我的意思……

謝謝我一雙很棒的兒女，弗瑞德里克和夏洛特。（其中，夏洛特曾經有段時間自稱夏莎。對我來說，她也是個小女超人。）

謝謝哈利、莎莉和小宇樂這幾隻貓孩在我寫這本小說期間的陪伴，以及牠們不時發出表示舒服的呼嚕聲展現對我的理解，讓我之後能繼續心平氣和地寫下去——如果我沒有停止撓牠們的話。

感謝本書的第一批讀者勞夫・克蘭普（Ralf Kramp）、丹尼・威頓（Dennis Witton）、蓋德・赫恩（Gerd Henn）、克絲汀・沃芙（Kerstin Wolff）為這本書帶來第一點火花。感謝我的經紀人拉斯・舒徹－寇薩克（Lars Schultze-Kossack），並在此首次感謝布魯斯・柯克本（Bruce Cockburn）的兩張吉他原聲專輯《無語》（*Speechless*）和《始鳴》（*Crowing Ignites*）。這兩張專輯是寫作本書時的絕佳配樂。也要感謝編輯克拉莉莎．澤盼博士（Dr. Clarissa Czöppan）、本書的總企劃安德烈雅．穆勒博士（Dr. Andrea Müller）、發行人斐莉濟塔斯．馮．洛分貝格（Felicitas von Lovenberg）以及畢柏出版社（Piper）的整個團隊。感謝大家，讓我終於能夠寫下這本小說，寫下這個故事一直是我很大的心願。

國家圖書館出版品預行編目資料

送書人 / 卡斯騰．赫恩 Carsten Henn著；黃慧珍
譯. -- 初版. -- 臺北市：皇冠, 2022. 7 [民111].
面; 公分. --(皇冠叢書; 第5034種) (CHOICE; 353)
譯自：Der Buchspazierer
ISBN 978-957-33-3903-8 (平裝)

875.57　　　　111008942

皇冠叢書第5034種
CHOICE 353

送書人

Der Buchspazierer

作　　者—卡斯騰．赫恩
譯　　者—黃慧珍
發 行 人—平　雲
出版發行—皇冠文化出版有限公司
台北市敦化北路120巷50號
電話◎02-27168888
郵撥帳號◎15261516號
皇冠出版社（香港）有限公司
香港銅鑼灣道180號百樂商業中心
19字樓1903室
電話◎2529-1778　傳真◎2527-0904
總 編 輯—許婷婷
責任編輯—陳思宇
美術設計—黃子欽、李偉涵
行銷企劃—蕭采芹
著作完成日期—2020年
初版一刷日期—2022年7月
初版二刷日期—2023年1月
法律顧問—王惠光律師
有著作權．翻印必究
如有破損或裝訂錯誤，請寄回本社更換
讀者服務傳真專線◎02-27150507
電腦編號◎375353
ISBN◎978-957-33-3903-8
Printed in Taiwan
本書定價◎新台幣350元/港幣117元